Diogenes Taschenbuch 22405

de
te
be

Georges Simenon

Der Uhrmacher von Everton

Roman

Deutsch von
Ursula Vogel

Diogenes

Titel der Originalausgabe:
›L'horloger d'Everton‹

Umschlagfoto: Philippe Noiret in der Hauptrolle
der von Bertrand Tavernier 1974 unter dem Titel
›L'horloger de Saint-Paul‹ gedrehten Verfilmung.
Abdruck mit freundlicher Genehmigung
der Cinémathèque française

Deutsche Erstausgabe

100/91/24/1
ISBN 3 257 22405 2

I

Bis Mitternacht oder vielmehr bis um ein Uhr morgens verlief der Abend wie jeder andere auch, genauer gesagt wie an jedem Samstag, der sich von den anderen Tagen ein wenig unterschied.

Wer weiß, ob er diese Stunden nicht intensiver erlebt, sie in vollen Zügen genossen hätte, wäre eine Ahnung in ihm aufgestiegen, daß es sein letzter glücklicher Abend sein würde! Auf diese Frage und auf viele andere würde er später einmal eine Antwort finden müssen. Es blieb auch noch zu klären, ob er denn je wirklich glücklich gewesen war.

Noch wußte er nichts von alledem, lebte einfach dahin, gemächlich und sorglos. Die Stunden glichen einander so sehr, daß er ihrer kaum gewahr wurde und es ihm manchmal vorkam, als kehrten sie immer wieder.

Ganz selten schloß er seinen Laden um Schlag sechs Uhr. Er ließ fast immer ein paar Minuten verstreichen, bevor er sich von seiner Werkbank erhob, wo an kleinen Haken die in Reparatur gegebenen Uhren hingen, die mit schwarzem Hartgummi eingefaßte Lupe abnahm, die er fast den ganzen Tag über wie ein Monokel in eine Augenhöhle klemmte. Nach all den Jahren war er das Gefühl immer noch nicht losgeworden, einen Chef über sich zu haben, der es übel vermerken könnte, wenn er allzu pünktlich die Arbeit niederlegte.

Mrs. Pinch, die Immobilienmaklerin nebenan, schloß um Punkt fünf Uhr, und der Friseur nahm ab halb sechs keine Kunden mehr an. Wenn Galloway sein Schaufenster aufsperrte, sah er ihn meistens sein Auto besteigen, um heimzufahren. Der Friseur besaß ein hübsches Haus im Villenviertel auf dem Hügel. Er hatte drei schulpflichtige Kinder.

Dave Galloway brauchte einige Minuten, um die Uhren und Schmuckstücke aus dem Schaufenster zu entfernen und sie im Panzerschrank an der Rückwand seines Ladens zu verstauen. Er arbeitete mit den gezielten, bedächtigen Bewegungen eines Mannes, der es gewohnt ist, mit zerbrechlichen und kostbaren Gegenständen umzugehen.

Seine wertvollste Uhr kostete nicht ganz hundert Dollar, und er führte davon nur eine. Die anderen waren viel billiger. Alle seine Schmucksachen waren aus Dubleegold gefertigt und mit synthetischen Steinen versehen. In der ersten Zeit hatte er versucht, Verlobungsringe mit echten, etwa halbkarätigen Diamanten zu veräußern, doch die Einwohner von Everton zogen es vor, solche Käufe in Poughskeepsie oder gar in New York zu tätigen, denn insgeheim war es ihnen wohl peinlich, bei einem Mann aus dem Ort ihren Verlobungsring in Monatsraten abzustottern.

Den Inhalt der Registrierkasse brachte er im Panzerschrank unter, zog seinen Leinenkittel aus, hängte ihn an den Haken hinter der Tür und vergewisserte sich mit einem letzten Blick, daß er nichts übersehen hatte.

Es war Mai. Die Sonne stand noch recht hoch am samtig blauen Himmel, und den ganzen Tag über hatte sich kein Lüftchen geregt.

Er zog die Türklinke ab und trat ins Freie. Automatisch blickte er zum Kino hinüber, dem Colonial Theater, dessen Neonreklame eben am hellichten Tag aufgeflammt war. Das wiederholte sich jeden Samstag, da um sieben Uhr die erste Vorstellung anfing. Vor dem Lichtspieltheater breitete sich ein Rasen, gesäumt von stattlichen Linden, deren Blätter sich kaum im Wind bewegten.

Noch an der Tür zündete sich Galloway eine Zigarette an. Er rauchte täglich etwa fünf oder sechs. Dann schritt er gemächlich um das langgestreckte Gebäude herum, in dessen Erdgeschoß eine ganze Reihe von Geschäften untergebracht waren.

Seine Wohnung befand sich im ersten Stock genau über seinem Laden, doch es gab zwischen den beiden Etagen keine direkte Verbindung, so daß er nach dem Friseurgeschäft links abbiegen mußte, um zum Hintereingang zu gelangen, durch den man die Appartements erreichte.

Wie fast jeden Samstag war sein Sohn im Laufe des Nachmittags zu ihm in den Laden gekommen, um ihm zu sagen, daß er zum Abendessen nicht zu Hause sein würde. Er aß dann wohl irgendwo, höchstwahrscheinlich im ›Mack's Lunch‹, ein Hot dog oder ein Sandwich.

Galloway stieg die Treppe hinauf, sperrte die Wohnungstür auf und öffnete sogleich das Fenster, von dem aus er fast dieselbe Aussicht hatte wie von seiner

Werkbank: auf die Bäume, das Reklameschild des Kinos, dessen Lichter im Sonnenschein grotesk, ja beinahe unheilverkündend anmuteten.

Es war ihm nicht mehr bewußt, daß er Tag für Tag dieselben Bewegungen in einer ganz bestimmten Reihenfolge ausführte. Diese Regelmäßigkeit mochte wohl der Grund dafür sein, daß er auf die anderen so ruhig und ausgeglichen wirkte. Die Küche, wo er mittags, bevor er in seinen Laden zurückkehrte, immer das Geschirr spülte, war tadellos aufgeräumt. Er wußte, was für eine Art von Aufschnitt er in welchem Fach des Kühlschranks aufbewahrte. Wie durch Zauberhand gelangten die Dinge an ihren Platz. Im Nu war das Gedeck auf dem Tisch, ein Wasserglas, Brot und Butter, während der Kaffee in der Maschine zu sprudeln anfing.

Wenn er seine Mahlzeit allein einnahm, las er beim Essen, aber er vernahm sehr wohl das Zwitschern der Vögel in den Bäumen, das Brummen eines anspringenden Wagens, den er sogleich identifizierte. Von seinem Platz aus konnte er die Halbwüchsigen sehen, die schon jetzt zum Kino strömten, aber erst in letzter Minute hineingehen würden.

Er trank seinen Kaffee in kleinen Schlucken, spülte das Geschirr und sammelte die Brotkrumen auf. Alles lief wie am Schnürchen ab, und kurz vor sieben Uhr befand er sich wieder im Freien, wo er dem Automechaniker, der zusammen mit seiner Frau in Richtung Kino schritt, einen guten Abend wünschte.

In einiger Entfernung sah er eine Gruppe von Jugendlichen, aber Ben war nicht unter ihnen. Er versuchte gar nicht erst, ihm über den Weg zu laufen, denn er wußte wohl, wie verdrießlich sein Sohn wurde, wenn sein Vater den Anschein erweckte, ihn zu überwachen.

Von Überwachen konnte im übrigen nicht die Rede sein, das wußte Ben ganz genau. Hie und da legte der Vater es zwar darauf an, ihn zu Gesicht zu bekommen, aber keineswegs um ihn zu kontrollieren, sondern weil es ihm Freude machte, wenigstens aus der Ferne an seinem Leben teilzunehmen. Ein sechzehnjähriger Junge vermag das nicht zu begreifen. Es war ganz natürlich, daß Ben, wenn er sich mit seinen Freunden oder Freundinnen traf, keinen Wert darauf legte, daß sein Vater ihn dabei beobachtete. Sie waren nie darauf zu sprechen gekommen. Galloway spürte das einfach und hielt sich zurück.

Das Gebäude, in dem er seinen Laden und seine Wohnung hatte, befand sich kurz vor der Kreuzung. Er bog in die Main Street ein, kam am Drugstore vorbei, der bis um neun Uhr offenblieb, dann an der Post mit dem weißen Säulenportal und dem Zeitungskiosk. Es waren viele Autos unterwegs, die kaum ihr Tempo verlangsamten. Manche rasten wie auf einer Überlandstraße dahin, als hätten die Fahrer nicht wahrgenommen, daß sie durch ein Dorf kamen.

Er schritt an der Tankstelle vorüber, die eine knappe Viertelmeile von seiner Wohnung entfernt war. Hier bog er rechts in ein von Bäumen gesäumtes Sträßchen ein. Die weißgetünchten Häuser waren von gepflegten Rasenflächen umgeben. Diese Straße war eine Sackgasse, so daß man hier nur die Autos der Anlieger antraf. Alle Fenster standen offen, die Kinder spielten noch im Freien, Männer ohne Jacketts, mit hochgekrempelten Hemdsärmeln waren mit ihren Rasenmähern an der Arbeit.

Jedes Jahr brachte solche Abende, an denen die Luft so mild war, daß man sich beinahe beklommen fühlte, und man überall das Surren der Rasenmäher vernahm. Mit dem Herbst kamen dann das schnarrende Geräusch der Harken im trockenen Laub und der Geruch der Blätter, die man des Abends vor den Häusern verbrannte, und dann währte es nicht mehr lange, bis das Kratzen der Schaufeln auf dem hartgefrorenen Schnee zu hören war.

Dann und wann wünschte ihm jemand einen guten Abend. Er winkte oder grüßte zurück.

Auch die Dienstagabende verbrachte er außer Haus, denn an diesem Tag fand im Bürgermeisteramt die allwöchentliche Versammlung des Elternbeirats statt, als dessen Schriftführer er fungierte.

An den anderen Tagen, außer sonnabends, blieb er meist in seiner Wohnung, las oder sah fern.

Am Samstagabend begab er sich zu Musak, der ihn sicher schon in einem der beiden Schaukelstühle auf seiner Veranda erwartete.

Sein Holzhaus, das sich von denen in der Nachbarschaft kaum unterschied, war das letzte in der Reihe. Es war direkt an eine Erhebung angebaut, so daß der erste Stock der Vorderseite auf der Rückseite zum Erdgeschoß wurde. Im Unterschied zu den weißgetünchten Häusern ringsumher hatte Musak das seine mit bräunlich gelber Farbe gestrichen. Nach kaum fünfzig Metern begann vergammeltes Brachland, wo die Leute alles abstellten, was sie loswerden wollten, wie Gitterbetten, lädierte Kinderwagen oder zerbeulte Blechbehälter.

Von der Terrasse aus konnte man den Sportplatz der Gemeinde überblicken, wo jeden Sommerabend die Baseballmannschaft trainierte.

Die beiden Männer verkehrten ohne jede Förmlichkeit miteinander. Galloway konnte sich nicht erinnern, Musak je die Hand gereicht zu haben, und dieser stieß bei seinem Eintreffen nur einen Grunzlaut aus und wies auf den zweiten Schaukelstuhl.

Genau das tat er auch an jenem Samstag. Sie verfolgten mit den Augen die weißen Trikots der Spieler, die gegen das immer dunklere Grün des Geländes abstachen. Aus der Ferne hörten sie ihre Rufe, die Pfiffe des Trainers, eines dickleibigen Mannes, der tagsüber hinter einem der Ladentische des Haushaltwarengeschäftes stand.

»Ein schöner Abend!« bemerkte Galloway, nachdem er auf seinem Schaukelstuhl Platz genommen hatte.

Ein wenig später murmelte Musak:

»Wenn die nicht endlich ihren gottverdammten Pitcher auswechseln, sind wir am Ende der Saison auf der Rangliste wieder einmal ganz unten.«

Was immer Musak auch sagte, seine Stimme klang stets bärbeißig, und er lächelte fast nie. Dave Galloway konnte sich nicht daran erinnern, daß er je geschmunzelt hätte. Freilich brach er dann und wann in ein dröhnendes Gelächter aus, das denjenigen, die ihn nicht kannten, wohl einen Schrecken einjagen mochte.

Im Dorf fürchtete sich keiner mehr vor Musak, da man sich inzwischen an ihn gewöhnt hatte. Anderswo lief er Gefahr, für einen der entflohenen Zuchthäusler gehalten zu werden, deren Fotos in der Vorder- und Seitenansicht an den Wänden der Postämter unter der Aufschrift ›WANTED‹ aushingen.

Galloway, der nicht einmal wußte, wie alt Musak war, hätte sich nie herausgenommen, ihn danach zu fragen. Ebensowenig hatte er in Erfahrung zu bringen versucht, aus welchem europäischen Land er stammte. Ihm war nur bekannt, daß er als Kind zusammen mit seinen Eltern und fünf oder sechs Geschwistern an Bord eines Emigrantenschiffes die Überfahrt gemacht und daß die Familie zu Anfang in einem Vorort von Philadelphia gelebt hatte. Was wohl aus seinen Angehörigen geworden war? Musak hatte nie etwas darüber verlauten lassen, auch über seine eigenen Lebensumstände, bevor er sich ohne jeden Anhang in Everton niederließ, was jetzt zwanzig Jahre her war, schwieg er sich aus.

Zweifellos war er verheiratet gewesen, denn er hatte eine Tochter irgendwo in Südkalifornien, die ihm von Zeit zu Zeit schrieb und Fotos von ihren Kindern schickte. Sie hatte ihn nie besucht, und auch er war nie zu ihr gefahren.

Ob Musak geschieden war oder gar verwitwet?

Eine Zeitlang hatte er in einer Klaviermanufaktur gearbeitet, mehr wußte Galloway nicht, aber bei seiner Übersiedlung nach Everton mußte er etwas Geld gehabt haben, sonst hätte er sich kein Haus kaufen können.

Er schätzte ihn auf sechzig Jahre oder auch ein wenig darüber. Manche behaupteten, er sei schon über siebzig, was auch nicht ausgeschlossen war.

Er arbeitete von morgens bis abends in seiner Werkstatt, die sich auf der Rückseite des Hauses befand, auf derselben Höhe wie der erste Stock der Frontseite, so daß er von seinem Atelier direkt in sein Schlafzimmer gelangte. Im Winter, wenn es auf der Terrasse zu ungemütlich war, hielten sie sich oft in der Werkstatt auf. Musak beendete dann mit seinen riesengroßen Händen, denen man ihre Geschicklichkeit nie zugetraut hätte, immer irgendeine knifflige Arbeit. In der Mitte des Raumes, der vollgestellt war mit Werkbänken, thronte ein gußeiserner Ofen, auf dem Leim im Wasserbad erhitzt wurde, und der Fußboden war mit Hobelspänen übersät.

Er hatte eine besondere Begabung für Arbeiten, die unendliche Geduld erfordern, wie die Instandsetzung von alten Möbeln oder Uhrengehäusen, die Anfertigung von kleinen, verzwickten Möbelstücken, von Kassetten mit Intarsien aus Mahagoni oder exotischen Hölzern.

Die beiden Männer saßen oft lange beieinander, ohne ein Wort zu sprechen, und blickten zufrieden zu den herumrennenden Spielern hinüber, während die Sonne langsam hinter den Bäumen verschwand und die Luft allmählich dieselbe bläuliche Färbung annahm wie der Himmel.

Was für Dave Galloway die Winterabende in der Werkstatt kennzeichnete, das war der Geruch der Hobelspäne, der sich mit dem des Leims vermischte.

An den Sommerabenden, die sie auf der Veranda zubrachten, dominierte der Geruch des Pfeifenrauchs. Musak, der unablässig paffte, bezog von irgendwoher eine seltene Tabakmischung, die einen beizenden und doch angenehmen Geruch verbreitete. Dieser vermengte sich mit dem Duft des frischgemähten Heus aus den Gärten ringsherum. Der Tabakgeruch hing in Musaks Kleidung, entströmte seinem Körper – darauf hätte Galloway wetten mögen –, und auch sein Wohnzimmer war damit gesättigt.

Was mochte nur diesen Mann mit den geschickten Händen, der alles, was er in Angriff nahm, mit peinlichster Genauigkeit zu Ende führte, bewogen haben, ausgerechnet seine Lieblingspfeife mit einem einfachen Draht zu reparieren? Bei jedem Zug drang ein wenig Luft durch den Riß, so daß ein merkwürdiger Pfeifton entstand, der an die mühsamen Atemzüge von Schwerkranken erinnerte.

»Gegen welche Mannschaft spielen sie morgen?«

»Gegen Radley.«

»Die werden sie in Sonn und Mond schlagen.«

Jeden Sonntag fand ein Baseballspiel statt. Galloway begab sich zum Sportplatz und nahm in einer der Sitzreihen Platz, während der alte Musak sich damit begnügte, von seiner Veranda aus zuzuschauen. Er hatte erstaunlich scharfe Augen. Trotz der Entfernung erkannte er jeden Spieler, und am Sonntagabend hätte er alle Einwohner Evertons nennen können, die dem Wettspiel beigewohnt hatten.

Die Gestalten auf dem Gelände bewegten sich langsamer, die Stimmen klangen weniger schrill, und der

Schiedsrichter pfiff immer seltener. In der Dämmerung vermochten sie gerade noch den Ball zu unterscheiden. Es wurde allmählich kühl. Man gewann fast den Eindruck, daß die Luft, die sich bislang nicht geregt hatte, bei Anbruch der Nacht zum Leben erwachte.

Eine kaum merkliche Spannung zeigte an, daß beide Männer dem Augenblick entgegenfieberten, da sie endlich ins Haus traten, um wie jeden Samstagabend ihrer Spielleidenschaft zu frönen, aber als hätten sie sich abgesprochen, warteten sie das Signal ab. Keiner rührte sich von der Stelle, bis sich alle Sportler in ihren Trikots am Rande des Geländes versammelt hatten, um den kritischen Bemerkungen des Trainers zu lauschen.

Nunmehr war es beinahe stockdunkel. Aus den Nachbarhäusern dröhnten die Radios lauter, hinter manchen Fenstern flammten Lichter auf, andere blieben wegen des Fernsehens dunkel.

Erst in diesem Augenblick kreuzten sich ihre Blicke. Sagte nicht einer: »Auf geht's!«?

Die beiden verband schon eine seltsame Freundschaft. Weder Galloway noch Musak hätten sagen können, wie sie angefangen hatte, und auch der Altersunterschied von zwanzig Jahren schien ihnen nicht bewußt zu sein.

»Wenn ich mich nicht irre, sind Sie mir eine Revanche schuldig.«

Eine Schwäche hatte der Tischler doch: er war ein schlechter Verlierer. Er wurde nicht wütend, schlug nicht mit der Faust auf den Tisch. Meist sagte er keinen Ton, aber er blickte dann drein wie ein schmollendes Kind. Es kam auch vor, daß er nach einem Abend, an dem er haushoch verloren hatte, zwei oder drei Tage lang über Galloway hinwegsah, wenn er ihm auf der Straße begegnete.

Er schaltete das Licht an, und sie tauchten nun in eine andere Atmosphäre ein, in ein Reich der Stille, das sie noch heimeliger umfing als die Nacht draußen. Das Wohnzimmer mit den auf Hochglanz polierten Möbeln war überaus gemütlich und gepflegt, als würde eine Frau hier walten. Nie hatte Galloway die geringste Unordnung wahrgenommen.

Das Tricktrackbrett stand wie immer auf dem niedrigen Tischchen zwischen den beiden Sesseln bereit, beleuchtet vom Lichtkegel einer Stehlampe. Den übrigen Raum ließen sie im Halbdunkel, das nur vom Widerschein der Lampe belebt wurde.

Auch die Schnapsflasche und die dazugehörigen Gläser fehlten nicht. Jetzt mußten nur noch die Eiswürfel aus der Küche geholt werden, und das Spiel konnte beginnen.

»Auf Ihr Wohl.«

»Auf das Ihre.«

Galloway trank wenig, im Laufe des Abends höchstens zwei Gläser, Musak dagegen schenkte sich fünf- oder sechsmal nach, was ihm nicht das geringste anzuhaben schien.

Jeder würfelte einmal.

»Eine sechs! Ich fange an.«

Fast zwei Stunden lang stand ihr Leben im Bann der dumpf aufschlagenden Würfel, der gelben und schwarzen Steine, die sie auf dem Brett bewegten. Wie immer zischte die Luft durch den Riß in der Pfeife. Allmählich fühlte sich Galloway von dem beizenden Geruch wie eingehüllt. Hie und da ließ einer der Männer einen Satz fallen, wie:

»John Duncan hat sich ein neues Auto gekauft.«

Oder:

»Mrs. Pinch soll Meadow Farm für fünfzigtausend Dollar verkauft haben.«

Antworten erübrigten sich, ebenso Fragen oder Kommentare.

Sie spielten bis um halb zwölf. Es wurde selten später. Musak verlor die erste Partie, gewann die drei folgenden, so daß sie, wenn man die Spiele der vorigen Woche in die Rechnung miteinbezog, ungefähr gleich standen.

»Hab ich Ihnen nicht gesagt, daß ich Ihnen eins auf den Deckel geben werde? Ich verliere nur, weil es bei mir an der Konzentration hapert. Ein letztes Gläschen?«

»Nein, danke.«

Der Schreinermeister schenkte sich noch eines ein. Dieses Glas trank er immer in einem Zug leer. Wie sonst ging auch an jenem Abend sein Atem am Ende der Partie schwer, und seiner Nase entwichen dieselben Geräusche wie seiner Pfeife. Vermutlich schnarchte er nachts, was niemanden störte, da er ja allein im Haus lebte.

Ob er wohl vor dem Schlafengehen die Gläser spülte?

»Gute Nacht.«

»Gute Nacht.«

»Mit Ihrem Sohn sind Sie weiterhin zufrieden?«

»Sehr zufrieden.«

Jedesmal wenn Musak ihn nach Ben fragte, fühlte er sich unbehaglich, obwohl er sich ganz sicher war, daß sein Freund es gut meinte, ihn keineswegs in die Enge treiben wollte und auch nicht den geringsten Grund zur Eifersucht hatte. Im übrigen waren seine Ängste wohl nichts weiter als Hirngespinste. Aber er konnte sich doch des Eindrucks nicht erwehren, daß Musak nicht viel von der stillen Art seines Sohnes hielt, der den Vater nie in Ungelegenheiten gebracht hatte.

War er früher mit seiner Tochter nicht zurechtgekommen? Oder hätte er auch gern einen Sohn gehabt?

Sobald Musak auf Ben zu sprechen kam, klang seine Stimme irgendwie anders, und auch in seinen Blick trat ein Ausdruck, als wollte er sagen:

»Warten wir mal ab, wie lange das noch gutgeht!«

Vielleicht meinte er auch, daß er seinen Sohn in einem völlig falschen Licht sah.

»Spielt er denn nicht mehr Baseball?«

»Nein, dieses Jahr nicht.«

Noch ein Jahr zuvor hatte sich Ben in der Mannschaft der High-School als einer der besten Spieler hervorgetan, doch dann plötzlich beschlossen, den Sport an den Nagel zu hängen. Seine Gründe hatte er für sich behalten. Dave wollte nicht in ihn dringen. So waren doch alle Kinder! Während eines Jahres sind sie auf ein Spiel oder einen Sport versessen, und im nächsten Jahr wollen sie nichts mehr davon wissen. Eine Zeitlang treffen sie sich Tag für Tag mit ihrer Clique, um sie nach ein paar Monaten ganz plötzlich fallenzulassen und sich einer anderen Gruppe anzuschließen.

Galloway war darüber natürlich keineswegs glücklich. Es hatte ihm sehr zugesetzt, als Ben den Baseball aufgab, denn er kannte nichts Schöneres, als den Wettkämpfen der Schulmannschaft zuzusehen, selbst wenn er dreißig oder vierzig Meilen weit fahren mußte.

»Nun, er ist sicher ein ordentlicher Junge«, sagte Musak.

Warum nur klangen seine Worte so, als zöge er einen Schlußstrich unter eine Debatte, als beendete er ein Gespräch? Was wollte er mit diesem Satz eigentlich sagen?

Dave Galloway reagierte wohl zu empfindlich, wenn es sich um Ben handelte. Es ist doch nichts dabei, wenn die Leute einen fragen: »Wie geht es Ihrem Sohn?«

Auch der harmlosen Bemerkung: »Ben habe ich aber schon lange nicht mehr gesehen«, unterlegte er einen Hintersinn.

»Ich kann mich nicht über ihn beklagen«, antwortete er meistens.

Das stimmte auch. Ben gab ihm keinen Anlaß zu Klagen. Nie hatte er mit ihm Ärger gehabt. Es gab keinen Streit zwischen ihnen. Ganz selten kam es vor, daß Galloway seinem Sohn ins Gewissen reden mußte, und wenn es doch einmal nötig war, dann tat er es ohne Erregung, sprach von Mann zu Mann mit ihm.

»Gute Nacht.«

»Gute Nacht.«

»Bis Samstag.«

»Bis Samstag.«

Sie sahen sich ein dutzendmal in der Woche, vor allem im Postamt, das sie fast jeden Tag um die gleiche

Zeit aufsuchten, um ihre Briefschaften abzuholen. Galloway hatte ein Schild mit der Aufschrift »Bin gleich zurück« angefertigt, das er jedesmal wenn er eine Besorgung zu machen hatte oder in seine Wohnung mußte, an die Tür hängte.

Sie begegneten einander auch in der Autowerkstatt oder beim Zeitungskiosk. Doch unweigerlich sagten sie beim Abschied am Samstagabend:

»Bis Samstag.«

Der herbe Tabakgeruch folgte Galloway noch zehn Meter weit. Er durchschritt das Sträßchen in Richtung Main Street. Fast alle Lichter waren erloschen, aus zwei Häusern erscholl das Getöse derselben Boxkampfübertragung.

Er brauchte sechs Minuten bis zu seiner Wohnung. Nicht ganz. Nur noch das ›Old Barn‹, die Taverne am Dorfausgang, dessen rote und grüne Lichter selbst von weitem an Bier- und Whiskymarken erinnerten, war noch in Betrieb.

Er ging das Gebäude entlang, um zum Hintereingang zu gelangen. Er hatte schon den Frisiersalon hinter sich gelassen und wollte gerade ins Haus treten, als ihm zum Bewußtsein kam, daß er kein Licht im Fenster gesehen hatte.

Er entsann sich nicht, den Kopf gehoben zu haben, aber das hatte er bestimmt getan, denn wenn er spät nach Hause kam, blickte er immer automatisch nach oben. Das erleuchtete Fenster war für ihn eine solche Selbstverständlichkeit, daß er sich keine Gedanken darüber machte.

Doch als er sich jetzt zur Treppe wandte, hätte er

schwören mögen, daß es hinter dem Fenster dunkel war. Es gab an diesem Abend weder eine Tanzveranstaltung noch eine Party, überhaupt keinen Anlaß, der Ben außer Haus festgehalten hätte.

Er erklomm einige Stufen, und dann kam ihm auf einen Schlag die Erkenntnis, daß in seiner Wohnung kein Licht brannte, denn sonst hätte er doch einen hellen Streifen unter der Tür gesehen.

War Ben früh nach Hause gekommen und hatte sich schlafengelegt?

Wer weiß, am Ende war ihm nicht gut?

Er drehte den Schlüssel im Schloß, stieß die Tür auf und rief:

»Ben!«

An der Art, wie seine Stimme in den Räumen widerhallte, erkannte er sofort, daß keiner da war, aber er wollte es sich nicht eingestehen, knipste das Licht im Wohnzimmer an und begab sich zum Zimmer seines Sohnes. Er gab sich Mühe, jede Gemütsbewegung aus seiner Stimme zu verbannen.

»Ben!«

Er durfte seine Angst nicht zeigen, denn wenn Ben zu Hause war, wenn er wirklich schon im Bett lag, dann würde er ihn betroffen anblicken und in gereiztem Ton fragen: »Was ist denn jetzt schon wieder los?«

Gar nichts war los! Was sollte schon los sein? Man darf doch nicht einen Jungen, der bald ein Mann sein wird, mit seinen Befürchtungen behelligen.

»Bist du da?«

Er zwang sich zu einem Lächeln, als würde sein Sohn ihm ins Gesicht sehen.

Aber Ben war nicht da. Ein leeres Zimmer, ein unberührtes Bett.

Hatte er ihm eine Nachricht auf dem Tisch hinterlassen? Das war schon vorgekommen.

Nichts lag auf dem Tisch. Die Neonreklame des Kinos gegenüber war erloschen, die zweite Vorführung seit einer guten halben Stunde beendet, und die letzten Autos hatten den Parkplatz verlassen. Auf dem Heimweg war Dave Galloway keiner Menschenseele begegnet.

Nur zweimal war Ben nach Mitternacht heimgekommen, ohne ihm vorher Bescheid zu geben. Beide Male hatte Galloway im Sessel auf ihn gewartet, außerstande, ein Buch zu lesen oder Radio zu hören. Erst als er die Schritte seines Sohnes auf der Treppe vernahm, griff er hastig nach einer Zeitung.

»Ich bin spät dran. Sei mir nicht böse!«

Er sagte das leichthin, als wollte er die Sache verharmlosen. War er denn auf Vorwürfe, auf eine Szene gefaßt gewesen?

Dave murmelte nur:

»Ich habe mir Sorgen gemacht.«

»Was hätte mir schon passieren sollen? Ich war mit Chris Gillispie im Auto unterwegs, und wir hatten eine Panne.«

»Warum hast du nicht angerufen?«

»Es gab keine Häuser in der Nähe, und wir mußten das Auto selber reparieren.«

Das war Anfang Winter gewesen. Beim zweiten Mal – zwischen Weihnachten und Neujahr – hörte er Ben mit schweren Schritten die Treppe hinaufsteigen. Als er ins Zimmer trat, wandte er den Blick ab und achtete darauf, seinem Vater nicht zu nahe zu kommen.

»Tut mir leid... Bin noch bei einem Freund gewesen... Warum bist du noch nicht schlafen gegangen? ... Wovor hast du bloß immer Angst?«

Die Stimme klang fremd. Zum ersten Mal spürte er, daß mit Ben eine Veränderung vorgegangen war, daß er ihm gegenüber eine gewisse Feindseligkeit an den Tag legte. Eine solche Haltung und solche Gebärden kannte er nicht an ihm. Galloway aber gab sich den Anschein, nichts bemerkt zu haben. Nach einer unruhigen Nacht erwachte Ben am Sonntagmorgen sehr spät. Als er in der Küche erschien, war seine Gesichtsfarbe aschfahl.

Sein Vater ließ ihn in Ruhe frühstücken, spielte nach besten Kräften den Unbekümmerten, und erst als sein Sohn zu Ende gegessen hatte, sagte er leise:

»Nicht wahr, du hast getrunken?«

Das war bisher noch nicht vorgekommen. Dave kannte seinen Sohn gut genug, um zu wissen, daß er vorher nie ein Glas Alkohol angerührt hatte.

»Mach mir bloß keine Vorwürfe, Dad.«

Sie schwiegen eine Weile, dann fügte er mit tonloser Stimme hinzu:

»Du brauchst keine Angst zu haben. Das tu ich nie wieder. Ich wollte halt nicht aus der Reihe tanzen. Ich finde das grauenhaft.«

»Bist du ganz sicher?«

Ben lächelte, sah ihm offen ins Gesicht und sagte:

»Ganz sicher.«

Seit diesem Vorfall, also seit Ende Dezember, war er nie mehr nach elf Uhr heimgekommen. Wenn Galloway von Musak zurückkehrte, fand er seinen Sohn meist vor dem Fernseher vor, wo er den Boxkampf verfolgte. Es war dieselbe Sendung, deren Getöse er eben im Sträßchen mitbekommen hatte. Bisweilen sahen sie sich das Ende gemeinsam an.

»Hast du keinen Hunger?«

Dann ging der Vater in die Küche, machte Sandwiches und schenkte zwei Gläser eisgekühlte Milch ein.

Er öffnete das Fenster, um Bens Schritte schon von weitem zu hören, und setzte sich an denselben Platz, wo er die beiden anderen Male auf ihn gewartet hatte. Von draußen strömte kalte Luft ins Zimmer, aber er mochte das Fenster nicht schließen. Er spielte kurz mit dem Gedanken, seinen Mantel überzuziehen, sagte sich dann aber, daß Ben, wenn er ihn so vermummt im Sessel vorfände, entsetzt sein würde.

Das erstemal war er um Mitternacht nach Hause gekommen, das zweitemal gegen ein Uhr morgens.

Er zündete sich eine Zigarette an, dann eine zweite und eine dritte. Er rauchte mit hastigen Zügen, ohne sich dessen bewußt zu sein. Einmal schaltete er das Fernsehen ein, aber nichts tat sich auf dem Bildschirm. Alle Sender, die man in Everton empfangen konnte, hatten bereits Sendeschluß.

Trotz seiner inneren Spannung ging er nicht im Zimmer umher, sondern blieb reglos und frierend sitzen, starrte unablässig auf die Tür, ohne einen klaren Gedanken fassen zu können. Mehr als eine Dreiviertelstunde war verstrichen, als er sich, nach außen hin völlig ruhig, erhob und ein zweites Mal die Tür zum Zimmer seines Sohnes öffnete.

Es kam ihm nicht in den Sinn, die Lampe anzumachen. So wirkte das Zimmer, das nur durch den Lichtschein von nebenan erhellt wurde, geradezu gespenstisch, und der Anblick des fahlweißen Bettes löste in ihm schlimme Vorahnungen aus.

Galloway bewegte sich so zielstrebig, als wüßte er schon, was er hier suchte und was er finden würde. Auf dem Bettvorleger entdeckte er ein Paar achtlos hingeworfene, verdreckte Schuhe, und über der Stuhllehne hing ein Hemd.

Ben war also im Laufe des Abends nach Hause gekommen, um sich umzuziehen. Sein Alltagsanzug lag in einer Ecke des Zimmers auf dem Fußboden, gleich daneben fand er seine Socken.

Langsam öffnete Dave den Kleiderschrank. Sofort sah er, daß der Koffer fehlte. Sein angestammter Platz war der Boden unter den Jacken und Hosen, die auf Kleiderbügeln hingen. Galloway hatte ihn seinem Sohn vor zwei Jahren anläßlich einer gemeinsamen Reise nach Cap Cod gekauft, und seither war er nicht mehr benutzt worden.

Noch an diesem Morgen hatte der Koffer im Schrank gelegen, dessen war er sich ganz sicher, denn er räumte jeden Tag die Wohnung auf. Die Zugehfrau kam nur stundenweise zweimal in der Woche, dienstags und freitags, um die gröbere Hausarbeit zu verrichten.

Ben war also kurz in der Wohnung gewesen, hatte seinen guten Anzug angezogen und den Koffer geholt, ohne ihm eine Nachricht zu hinterlassen.

Seltsamerweise malte sich in Galloways Gesicht

keine Überraschung, als wäre er schon seit langem, ja schon seit jeher auf eine Katastrophe gefaßt gewesen.

Nur mit eben dieser Katastrophe hatte er denn doch nicht gerechnet. Er bewegte sich ganz langsam, noch langsamer als sonst, mit der Behutsamkeit eines Mannes, der das Unheil hinauszuzögern versucht. Vorsichtig öffnete er die Tür zum Badezimmer, wo sie beide Toilette machten, und schaltete das Licht ein.

Auf der Glasplatte befand sich nur noch ein Rasierapparat. Der elektrische Rasierer, den er Ben letztes Jahr zu Weihnachten geschenkt hatte, war verschwunden und ebenso sein Kamm. Auch die Zahnbürste fehlte im Halter, sogar die Tube Zahnpasta hatte er mitgenommen.

Wegen der offenen Lukarne im Bad entstand nun ein Luftzug in der Wohnung, so daß sich die Vorhänge blähten und die Blätter der Zeitung auf dem Fernsehgerät hochgewirbelt wurden.

Er trat wieder ins Wohnzimmer, um das Fenster zu schließen, preßte die Stirn an die kühle Scheibe und blickte nach draußen.

Er fühlte sich so mitgenommen wie nach einem Gewaltmarsch. Seine Glieder waren schlaff. Am liebsten hätte er sich bäuchlings auf sein Bett geworfen, laut vor sich hin geredet, mit Ben geredet, den Kopf im Kissen vergraben. Doch was würde das schon ändern?

Eines mußte er noch herausfinden, und das war schnell getan. Er beeilte sich nicht. Dazu bestand kein Grund. Er nahm sich sogar die Zeit, seinen Übergangsmantel anzuziehen, eine Schirmmütze aufzusetzen, denn er war vor Kälte erstarrt.

Der Mond war aufgegangen, schwamm als beinahe kreisrunde, schimmernde Scheibe im unergründlichen Meer des Himmels. Auf dieser Seite nahmen die Garagen das ganze Erdgeschoß ein. Er schritt auf die seine zu, zog den Schlüsselbund aus der Tasche, steckte den Schlüssel ins Schloß.

Er brauchte ihn nicht umzudrehen. Die Türe öffnete sich von allein. Aus dem abgesplitterten Holz ersah er sofort, daß sie mit einem Schraubenzieher und einem anderen Werkzeug aufgebrochen worden war.

Wozu sollte er sich jetzt noch vergewissern, daß das Auto nicht in der Garage stand. Selbstredend war sie leer. Das hatte er vorher gewußt. Schon in seiner Wohnung hatte ihn die blitzartige Erkenntnis überfallen. Er schaltete das Licht nicht ein. Das erübrigte sich.

Dennoch verschloß er die Tür sorgfältig wie immer. Was wollte er eigentlich mutterseelenallein auf diesem hofähnlichen Platz hinter dem Haus, in dem nur ein einziges Fenster, nämlich das seine, erleuchtet war?

Es gab keinen Grund, draußen zu bleiben. Er hatte hier nichts verloren.

Aber was sollte er nunmehr in seiner Wohnung anfangen?

Dennoch stieg er die Treppe hinauf, unendlich langsam, als müsse er auf jeder Stufe innehalten, um nachzusinnen. Er schloß die Wohnungstür hinter sich ab, zog seinen Mantel aus, nahm die Schirmmütze ab, hängte sie an ihren Platz und tappte zu seinem Sessel.

Völlig in sich zusammengesunken saß er nun da und begann die Leere, die sich um ihn breitete, in sich aufzunehmen.

2

Im Traum geschieht es mitunter, daß man unvermittelt an die Grenze einer fremden und zugleich vertrauten Landschaft verschlagen wird, die einen schauerlich anrührt wie ein Abgrund. Sie ähnelt keineswegs den Orten, die man im wirklichen Leben gesehen hat, dennoch regt sich etwas im Gedächtnis, so daß man beinahe mit Sicherheit sagen möchte, man sei dort schon einmal gewesen, habe in einem anderen Traum oder in einem früheren Dasein vielleicht sogar eine Zeitlang an dieser Stelle verbracht.

Genau das verspürte Dave Galloway. Die schlimme Stunde, die er jetzt durchlitt, hatte er schon einmal erlebt. Das Gefühl des völligen körperlichen und seelischen Zusammenbruchs war ihm nicht neu, ebensowenig die Leere ringsum. Schon beim ersten Mal hatte er in sich zusammengesunken in diesem grünen Sessel gesessen, der gegenüber dem dazu passenden Sofa stand. Die Möbelgarnitur hatte er einstmals zusammen mit seiner Frau in Hartford auf Kredit gekauft, gleichzeitig mit den beiden niederen Tischen, den zwei Stühlen und der Konsole für das Radio, denn damals gab es noch kein Fernsehen.

Dort war das Wohnzimmer kleiner gewesen und neu wie das Haus, wie überhaupt die ganze Siedlung. Sie waren die ersten Mieter, und als sie einzogen, fingen die Bäume zu beiden Seiten der eben angelegten Straße gerade an auszuschlagen.

Sie lebten damals in Waterbury in Connecticut. Er arbeitete in einer Manufaktur, wo Uhren und Präzisionsinstrumente hergestellt wurden. Die Vorkommnisse dieses Abends waren ihm in allen Einzelheiten im Gedächtnis haften geblieben, und später würde er sich wohl ebenso genau an den Abend bei Musak erinnern. Er hatte einen Kollegen aufgesucht, der in einer anderen Abteilung arbeitete, um eine Pendeluhr, die dieser von seinem Urgroßvater geerbt hatte, zu reparieren.

Diese Standuhr deutschen Fabrikats hatte ein Zifferblatt aus Zinn mit feinen Gravierungen und ein von Hand gefertigtes Räderwerk. Dave war in Hemdsärmeln auf einen Stuhl gestiegen, so daß er mit dem Kopf beinahe an die Zimmerdecke stieß. Er erinnerte sich noch genau daran, wie er die Zeiger drehte, um das Schlagwerk zu regeln, damit die Uhr die vollen, die halben und die Viertelstunden anzeigte. Die Fenster standen offen. Es war Frühling wie heute, nur ein wenig früher im Jahr. Auf dem Tisch stand eine große Schale mit Erdbeeren, daneben eine große Schnapsflasche und Gläser. Die Frau seines Kollegen hieß Patricia. Sie war eine Brünette italienischer Herkunft mit einer sehr feinen Haut. Um ihnen Gesellschaft zu leisten, hatte sie das Bügelbrett ins Wohnzimmer gebracht, den ganzen Abend über Windeln gebügelt und den Raum nur einmal verlassen, als eines der Kinder aus dem Schlaf geschreckt war und sie es beruhigen mußte. Sie hatte drei Kinder, eines war vier, eines zweieinhalb und das jüngste ein Jahr alt. Sie ging wieder schwanger, und in ihrer Ruhe und strahlenden Fülle wirkte sie wie eine saftige Frucht.

»Auf dein Wohl!«

»Auf das deine!«

Auch damals hatte er zwei Gläser Schnaps getrunken. Sein Freund wollte sich ein drittes einschenken, doch Patricia hatte ihn liebevoll davon abgebracht:

»Wirst du dann morgen früh nicht arges Kopfweh haben?«

Als die Uhr schlug, lauschten sie tiefbewegt, denn seit sie ihnen als Erbteil zugefallen war, hatte sie noch nie funktioniert. Auch Galloway war glücklich darüber, den Abend bei ihnen verbracht und eine so kunstvolle Mechanik wieder in Gang gebracht zu haben. Jetzt fiel ihm wieder ein, daß sie damals auszurechnen versucht hatten, was eine solche Pendeluhr, wenn man sie heutzutage anfertigen ließe, kosten würde.

»Ein letztes Gläschen?«

Genau wie Musak!

»Nein, danke!«

Er war zu Fuß nach Hause gegangen. Er wohnte nur zwei Straßen weiter. Der Mond schien. Schon an der Straßenecke fiel ihm auf, daß sein Haus nicht erleuchtet war. Ruth hatte sich wohl schon schlafengelegt, ohne seine Rückkehr abzuwarten. Das schien ihm sonderbar, denn seine Frau hatte abends nie Lust, zu Bett zu gehen, und suchte ständig nach einem Vorwand, um noch aufzubleiben. Vielleicht hätte er früher aufbrechen sollen?

Er beschleunigte seine Schritte, die auf der betonierten Chaussee widerhallten. Er war noch zwanzig Meter von seiner Haustür entfernt, als er schon seine Schlüssel aus der Westentasche fischte. Kaum hatte er die Tür geöffnet, da spürte er schon die Leere, die ihn auch heute abend bei seiner Rückkehr förmlich angesprungen hatte. Der Mond schien hell durch die Fenster, die nicht mit Jalousien versehen waren. Er rannte ins Schlafzimmer, rief:

»Ruth!«

Das Bett war unberührt. Niemand. Ein altes Paar Schuhe lag auf dem Bettvorleger. Sogleich riß er die andere Tür auf, zitternd vor Angst, die ihn plötzlich würgte, und lauschte. Ruth hatte das Baby nicht mitgenommen. Ben lag warm und friedlich in seiner Wiege und duftete nach frischem Brot.

»Findest du nicht, daß er nach frischem Brot riecht?« hatte er einmal zu seiner Frau gesagt.

Sie hatte es nicht böse gemeint, das wußte er genau, als sie in ihrer schnoddrigen Art entgegnete:

»Ach was! Er riecht halt nach Pipi wie alle Babys.«

Er hob Ben nicht aus seiner Wiege, um ihn zu herzen, wozu es ihn so sehr drängte. Er beugte sich nur über ihn und lauschte lange, lange auf seinen Atem. Dann kehrte er auf Zehenspitzen ins Schlafzimmer zurück und schaltete das Licht ein.

Sie hatte den Wandschrank nicht geschlossen, auch eine Schublade des Frisiertisches stand offen, wo noch zwei schwarze Haarklammern lagen. Im Raum hing ihr schweres, aufdringliches Parfüm, mit dem sie sich sicher vor ihrem Aufbruch besprüht hatte.

Alle ihre Kleider waren verschwunden, außer einem geblümten Kattunkittel und zwei zerrissenen Schlüpfern.

Er hatte weder geweint noch die Fäuste geballt, sich nur in den Wohnzimmersessel neben dem Radio gesetzt. Viel später ging er in der Küche nachsehen, ob kein Brief von ihr auf dem Tisch lag. Das war nicht der Fall. Aber sein Instinkt hatte ihn nicht getrogen. Im Mülleimer neben dem Spülbecken entdeckte er eine ganze Menge Papierschnitzel, die er geduldig zusammensetzte, als bildeten sie ein Puzzle.

Sie hatte ihm also einen Abschiedsbrief schreiben wollen, aber nicht die richtigen Worte gefunden, in ihrer unbeholfenen Schrift mehrmals dazu angesetzt und wie immer Rechtschreibfehler gemacht.

›Mein lieber Dave!‹

Den ›lieben‹ Dave hatte sie durchgestrichen und ihn durch den ›armen‹ Dave ersetzt. Ansonsten stand auf diesem Blatt nur ein Satzanfang.

›Wenn du diesen Brief lesen wirst...‹

Sie hatte den Zettel zerrissen. Er stammte von dem Block, der in der Küche hing und auf dem sie ihre Bestellungen für den Lebensmittelhändler notierten, der jeden Morgen vorbeikam. Sicher hatte sie die Zeilen am selben Tisch geschrieben, wo sie sonst immer das Gemüse putzte.

›Mein lieber Dave,

Ich weiß, daß ich Dir wehtun werde, aber ich kann es hier nicht länger aushalten, und es ist immer noch besser, es passiert jetzt und nicht erst später. Ich habe oft mit Dir reden wollen, aber...‹

Die Worte gaben wohl ihre Gefühle nicht wirklich wieder, und so hatte sie auch dieses Blatt zerrissen. Auf dem dritten fehlte die Anrede, und er las:

›Wir passen einfach nicht zusammen, das ist mir schon in den ersten Tagen klar geworden. Das Ganze war ein Irrtum. Ich lasse Dir den Kleinen. Alles Gute!‹

Sie hatte ›Alles Gute‹ durchgestrichen und statt dessen darübergeschrieben: ›Werdet beide glücklich!‹

In der letzten Minute hatte sie es sich wieder anders überlegt und auch diesen Brief verworfen, der wie die anderen im Mülleimer landete. Sie hatte sich dafür entschieden, ihn ohne eine Erklärung zu verlassen. Was war da schon viel zu sagen? Worte brachten sie auch nicht weiter. Sollte er sich doch selber einen Reim darauf machen!

Er hatte sich wieder in den Sessel gesetzt, im Bewußtsein, daß er die ganze Nacht kein Auge zutun würde. Bens Weinen schreckte ihn aus dem Schlaf. Es war bereits sechs Uhr morgens, und die Sonne schien durch das Fenster. Von Anfang an hatte er seinem Sohn morgens und abends sein Fläschchen gegeben. Seit einigen Wochen fütterten sie Getreide zu und inzwischen sogar Gemüsebrei. Er verstand sich auch darauf, den Säugling zu wickeln. Gleich nachdem Ruth mit dem Kind aus dem Krankenhaus nach Hause gekommen war, hatte er darauf bestanden, es zu lernen.

Das alles lag jetzt fünfzehneinhalb Jahre zurück. Ruth hatte er nie wiedergesehen, nur einmal auf indirekte Weise von ihr gehört, als nach drei Jahren ein Anwalt zu ihm kam und ihm Papiere zur Unterschrift vorlegte, in denen er seine Einwilligung in die Scheidung erklären sollte.

Er schlief nicht, starrte mit weitgeöffneten Augen auf das Sofa, das er mit dem übrigen Hausrat von Waterbury nach Everton hatte schaffen lassen.

Er hatte Ben ganz allein aufgezogen. Nur während seiner Arbeit gab er ihn einer Nachbarin zur Obhut, die selbst vier Kinder hatte. Jede freie Minute, alle seine Nächte verbrachte er mit seinem Sohn, ohne je abends auszugehen oder sich einen Film anzusehen.

Als er sich mit dem Gedanken trug, das Haus in Waterbury aufzugeben, brach der Krieg aus. Man hatte ihn in seiner Werkstatt, die für das Verteidigungsministerium tätig war, mobil gemacht. Jahre später erst vermochte er nach einem Ort Ausschau zu halten, wo er sich selbständig machen konnte, so daß er nicht mehr außer Haus arbeiten mußte. Mit voller Absicht, um Ben eine glückliche Kindheit zu bieten, hatte er sich für ein Dorf entschieden, wo sie ein ruhiges, friedliches Leben führen konnten.

Ganz plötzlich packte ihn eine unsinnige Hoffnung. Er vernahm Schritte auf der Rückseite des Hauses, wo zu dieser Zeit kein Mensch hinkam. Es durchschoß ihn der Gedanke, daß es Ben sein könnte. Einen Augenblick lang war es ihm entfallen, daß sein Sohn mit dem Auto weggefahren war, so daß er als erstes den Motor, das Bremsgeräusch und das Zuschlagen der Wagentür hätte hören müssen.

Die Schritte, nicht von einer, sondern von zwei Personen, kamen näher. Sie klangen sehr sonderbar, denn sie gerieten dauernd aus dem Takt. Jemand setzte den

Fuß auf die unterste Treppenstufe, gleichzeitig vernahm er das Gemurmel einer weiblichen Stimme. Schwere Sohlen traten zögend auf die zweite, dann auf die dritte Stufe. Er erhob sich, öffnete die Tür, drehte das Licht an und fragte:

»Was ist?«

Er trat auf den Treppenabsatz und blickte verständnislos auf den völlig betrunkenen Bill Hawkins hinab, der mit feuchtem Schnurrbart, einen schmierigen Hut auf dem Kopf, ihn mit blöden Augen anstierte.

Isabelle Hawkins im Hauskleid, eine Schürze umgebunden, ohne Mantel und Hut, als hätte sie in Windeseile das Haus verlassen müssen, drängte sich an ihrem Mann vorbei.

»Kümmern Sie sich nicht um ihn, Mister Galloway. Er ist mal wieder schwer geladen.«

Er kannte die beiden, so wie er alle Einwohner von Everton kannte. Hawkins arbeitete als Melker, und etwa drei Abende in der Woche war er so betrunken, daß man ihn bisweilen von der Straße auflesen mußte, damit er nicht von einem Auto überfahren wurde. Er pflegte oft durchs Dorf zu wanken, dabei unverständliche Worte in seinen rötlichen Schnurrbart zu brummeln, der schon anfing, eine schmutzig weiße Farbe anzunehmen.

Sie wohnten am Bahngleis, ein wenig außerhalb des Dorfes. Sie hatten acht oder neun Kinder. Die beiden älteren Söhne waren schon verheiratet und lebten in Poughkeepsie, eines der Mädchen besuchte die High-School. Berüchtigt aber waren die etwa zwölfjährigen, völlig verwilderten Zwillinge mit ihrem struppigen roten Haar, die im Dorf ihr Unwesen trieben.

Hawkins, der sich kaum auf den Beinen halten konnte, klammerte sich am Geländer fest, machte einen jämmerlichen Versuch, noch eine weitere Stufe zu erklimmen. Er öffnete den Mund, um etwas zu sagen, fand aber die Worte nicht. Bestimmt hatte seine Frau unterwegs ständig auf ihn eingeredet, um ihn zur Heimkehr zu bewegen und schließlich gesagt: »Dann warte eben hier, wenn du unbedingt willst. Ich gehe allein hin . . .«

Trotz ihrer vielköpfigen Familie fand sie noch die Zeit, bei anderen Leuten zu putzen, und seit einigen Monaten arbeitete sie im ›Old Barn‹.

»Verzeihen Sie, daß wir Sie um diese Zeit stören, Mister Galloway. Bill, laß mich vorbei! Du brauchst dich nur an die Wand zu drücken!«

Der Mann sackte in sich zusammen, und sie versuchte ihn hochzuhieven. Galloway aber stand reglos oben auf dem Treppenabsatz. Der ganzen Szene, die nur durch eine schmutziggelbe Glühbirne beleuchtet wurde, haftete etwas Groteskes und Unwirkliches an.

»Ihr Sohn ist wohl auch nicht heimgekommen?«

Er sah sie verständnislos an. Er vermochte keine Verbindung zwischen dem Verschwinden Bens und diesen Leuten da herzustellen.

»Warten Sie, ich komme hinauf, so brauche ich nicht zu schreien. Es schlafen doch bestimmt Leute im Haus.«

Sie hatte recht. Die meisten Geschäftsleute, die im Erdgeschoß ihren Laden hatten, wohnten allerdings im Villenviertel. Doch in der Wohnung neben Galloway lebte eine alte Polin. Sie hatte mitangesehen, wie ihr

Mann, ihre drei Kinder, ihr Schwiegersohn und ihr Enkelkind, das erst einen Monat alt war, innerhalb von wenigen Minuten hingemetzelt wurden. Noch heute vermochte sie nicht zu begreifen, warum man sie verschont hatte. Sie sprach kaum Englisch und verdiente sich ihr Brot als Näherin, beschränkte sich aber auf Abänderungen, denn zum Zuschneiden eines Kleides wäre sie nicht fähig gewesen. Sie hatte schlohweißes Haar, fast keine Runzeln. Wenn man mit ihr redete, sah sie einem aufmerksam ins Gesicht, erriet nur hie und da ein einzelnes Wort, lächelte sanft, als bäte sie ständig um Verzeihung. Am Ende des Gangs lebte ein Ehepaar, dessen Kinder in New York verheiratet waren. Der Mann arbeitete als Mechaniker in der Werkstatt gegenüber. Es konnte gut sein, daß die Hawkins sie aufgeweckt hatten.

Immer noch versuchte Bill Hawkins, seiner Empörung Luft zu machen, doch stieß er nur Grunzlaute aus. Inzwischen war seine Frau oben auf dem Treppenabsatz angelangt.

»Ich bin, so wie ich war, hinter ihm hergelaufen, denn ich wollte nicht, daß er allein bei Ihnen erscheint. Wissen Sie etwas?«

Wegen des Trunkenboldes im Treppenhaus wagte er nicht, sie zu sich in die Wohnung zu bitten. So blieben sie vor der angelehnten Tür stehen.

Isabelle Hawkins sah wohl, daß er nicht begriff, weshalb sie gekommen war. Sie nahm es ihm nicht übel.

»Was soll ich denn wissen?«

»Was mit Ben und meiner Tochter los ist. Sie sind zusammen durchgebrannt.«

Sie hatte Tränen in den Augen, doch ihn beschlich das Gefühl, der Mechanismus ihrer Drüsen habe sich selbsttätig in Gang gesetzt, um der Konvention Genüge zu tun, und die Frau sei keineswegs vom Kummer überwältigt.

»Ich wußte, daß er ihr nachlief. Jeden Abend trieb er sich in der Nähe des Hauses herum, mehr als einmal habe ich die beiden eng umschlungen in der Dunkelheit erwischt. Ich achtete nicht sonderlich darauf, nahm die Sache nicht weiter ernst. Wußten Sie denn nichts davon?«

»Nein.«

»Ah!« sagte sie gedehnt und sah ihn an.

Dann schwieg sie eine Weile, als müßte sie erst ihre Gedanken ordnen.

»Hat er Ihnen denn nicht eröffnet, daß er von zu Hause weg wollte?«

»Nein.«

»Wann haben Sie es bemerkt?«

»Jetzt eben, als ich heimkam.«

Es kostete ihn große Selbstüberwindung, dieser Frau, die er doch kaum kannte, Rechenschaft über Bens Verhalten abzulegen.

»Er ist mit dem Auto weg«, sagte sie. Woher wußte sie das?

»Ja.«

»Ich habe von unserem Haus aus den Motor gehört.«

»Um wieviel Uhr?«

»So gegen sechs. Ich habe nicht auf die Uhr gesehen.«

»Dachten Sie denn, daß er es sei?«

»Nein. Ich habe nur einen anspringenden Motor

gehört. Ich saß im Zimmer vorne und flickte die Hemden der Kinder. Das Auto befand sich auf dem Weg hinter dem Haus.«

»War Ihre Tochter draußen?«

»Ich nehme es an. Bei uns weiß man nie, wo wer ist, denn jeder kommt und geht, wie es ihm gerade paßt, und keiner schert sich um die anderen.«

Ihr Mann unten schwenkte seinen Arm, als wollte er ihr bedeuten zu schweigen, und dann stieß er ein Wort aus, das nicht recht zu verstehen war. Es klang wie »Schweinerei«!

»Halt den Mund, Bill! Mister Galloway kann nichts dafür, und er ist bestimmt ebenso beunruhigt wie wir. Nicht wahr, Mister Galloway?«

Er bejahte widerwillig und fragte:

»Sind Sie ganz sicher, daß Ihre Tochter mit ihm weggefahren ist?«

»Mit wem denn sonst? Jetzt gehen sie seit zwei Monaten miteinander. Sie trifft sich mit keinem anderen Jungen, und sogar ihre Freundinnen läßt sie links liegen. Vor ihm hatte sie noch keinen Liebsten, und das beunruhigte mich eher, denn für ein Mädchen ihres Alters ist das nicht normal.«

»Wie haben Sie herausgefunden, daß sie durchgebrannt ist?«

»Als Steve, mein siebzehnjähriger Sohn, der ebenfalls die High-School besucht, vom Kino nach Hause kam, fragte ich ihn, ob seine Schwester denn nicht mitgekommen sei. Er sagte, daß er sie den ganzen Abend nicht gesehen habe. Zuerst meinte ich, Ihr Sohn begleite sie nach Hause und die beiden flirteten noch irgendwo in der Dunkelheit. Ich machte die Tür auf und rief:

›Lillian! Lillian!‹

Ich wollte nicht zu oft rufen, denn ich fürchtete, die Kleineren aufzuwecken. Als ich wieder ins Haus trat, kam Steve angelaufen:

›Sie ist nicht auf ihrem Zimmer.‹

Er war inzwischen nachsehen gegangen.

›Bist du sicher, daß sie nicht im Kino war?‹

›Ganz sicher.‹

›Ben hast du auch nicht getroffen?‹

Steve und Ben sind befreundet, deshalb kam es überhaupt zu der Geschichte mit Lillian. Die beiden Jungen gingen andauernd zusammen aus, und Ihr Sohn aß oft ein Sandwich bei uns. Plötzlich wurde Steve stutzig. Von allen meinen Kindern ist er der Vernünftigste, und er hat auch die besten Noten in der Schule.

›War Ben heute abend hier?‹ wollte er wissen.

›Ich habe ihn nicht gesehen.‹

Dann rannte er zum zweitenmal in das Zimmer seiner Schwester. Ich hörte, wie er die Schubladen aufriß. Er kam zurück und sagte:

›Sie ist weg.‹«

Sie sprach keineswegs mit dramatischer Stimme, sondern in einem klagenden Leierton. Von Zeit zu Zeit runzelte sie die Stirn, denn sie gab sich große Mühe, alles zu sagen, nichts auszulassen. Gleichzeitig überwachte sie ihren Mann, der sich auf einer Stufe niedergelassen hatte. Er wandte ihr den Rücken zu, wiegte den Kopf und führte seinen inneren Monolog weiter.

»Dann ging ich selber nachsehen und stellte fest, daß

Lillian ihre besten Kleider mitgenommen hat. Als ich wieder in die Küche kam, wo mein Mann in seinem Sessel döste, erzählte ich Steve von dem Auto, das ich hinter dem Haus gehört hatte, worauf er plötzlich rief:

›Also, das verstehe ich nicht!‹

Ich wollte wissen, was ihn denn so wunderte, denn immerhin machte Ben seiner Schwester seit Monaten den Hof.

›Sie haben doch kein Geld!‹ erwiderte er.

›Woher weißt du das?‹

›Noch gestern sind ein paar von den Jungs bei ›Mack‹ Eis essen gegangen, und Ben wollte nicht mitkommen, weil er kein Geld hatte.‹

›Vielleicht stimmte das gar nicht?‹

›Doch, da bin ich mir ganz sicher.‹

Die jungen Leute wissen viel mehr voneinander als wir, so ist es doch!«

Galloway unterbrach sie:

»Wollen Sie nicht hereinkommen?«

»Ich möchte ihn lieber nicht allein lassen. Er würde zwar niemandem etwas zuleide tun, aber ich weiß nicht, wann er aufgewacht ist und was er mitangehört hat. Jeden Samstag ist er in diesem Zustand. Also, dann durchschoß mich ein Gedanke, nämlich in der Dose nachzusehen, wo wir das Haushaltsgeld für die Woche aufheben. Um halb sieben hatte ich achtunddreißig Dollar hineingelegt, den Lohn meines Mannes.«

Mit tonloser Stimme fragte Galloway:

»Und war das Geld noch da?«

»Nein. Sie hat wohl einen Moment abgepaßt, als ich die Küche verließ oder ihr den Rücken zuwandte. Ich mache Ihnen nicht den geringsten Vorwurf, und ich gebe auch Ihrem Sohn nicht die Schuld. Sie wissen wohl beide nicht, was sie tun.«

»Was sagte Steve dazu?«

»Nichts. Er aß einen Happen und ging dann schlafen.«

»Liegt ihm denn nichts an seiner Schwester?«

»Ich weiß nicht. Sie kamen nie besonders gut miteinander aus. Doch ganz plötzlich, ohne ein Wort zu sagen, ging mein Mann hinaus. Ich rannte so schnell ich konnte hinter ihm her. Was werden Sie jetzt tun?«

Ja, was nur?

»Meinen Sie, daß die beiden heiraten wollen?« fragte sie. »Lillian ist erst fünfzehneinhalb. Trotz ihrer Schmächtigkeit wirkt sie schon so erwachsen, daß man sie für älter hält, als sie ist.«

Sie war manchmal in den Laden gekommen, wie alle Mädchen aus dem Dorf, um irgendwelches Talmi zu erstehen, bald ein Armband oder eine Halskette, bald einen Ring oder eine Spange. Er hatte sie nicht als Rotschopf in Erinnerung wie die anderen Hawkins-Kinder, sondern eher als eine Brünette. Er gab sich alle Mühe, Ben zu verstehen, sie mit seinen Augen zu sehen. Sie war mager, hielt sich ein wenig vornübergebeugt und wirkte körperlich unreifer als ihre Altersgenossinnen. Aber ihre letzte Begegnung mochte schon Monate zurückliegen, vielleicht war sie inzwischen aufgeblüht. Ihm war sie mißlaunig, ja sogar ein wenig hinterhältig vorgekommen.

»Ich habe irgendwo gelesen«, fuhr Isabelle Hawkins fort, »daß in manchen Südstaaten die jungen Leute schon ab zwölf getraut werden. Was meinen Sie? Vielleicht sind sie dort hingefahren und schreiben uns dann.«

Er wußte es nicht. Er wußte überhaupt nichts. In jener anderen Nacht vor fünfzehneinhalb Jahren hatte er nicht alles verloren: es blieb ihm etwas, an dem er sich festhalten konnte, ein Säugling in seiner Wiege, der um sechs Uhr morgens nach seinem Fläschchen schrie.

Diesmal aber war er so vor den Kopf geschlagen, daß nicht viel fehlte und er hätte sich an diese ihm kaum bekannte Frau mit dem formlosen Leib geklammert.

»Hat Ihre Tochter denn nie mit Ihnen über Ihre Zukunftspläne gesprochen?«

»Nein, nie. Ich frage mich sogar, ob sie sich im Grunde nicht ein wenig unserer Familie schämt. Wir sind arme Leute. Mit ihrem Vater ist kein Staat zu machen, und ich verstehe durchaus, daß das für ein junges Mädchen manchmal peinlich ist...«

»Und wie benahm sich mein Sohn bei Ihnen?«

»Er war immer sehr nett, sehr zuvorkommend. Als ich einmal einen Fensterladen reparieren wollte, den der Wind aus den Angeln gehoben hatte, nahm er mir den Hammer aus der Hand und stellte sich sehr geschickt an. Wenn er ein Glas Milch getrunken hatte, ließ er es sich nicht nehmen, sein Glas auszuspülen. Aber es hat keinen Sinn, heute nacht über all diese Dinge zu reden. Es wird jetzt höchste Zeit, daß ich Bill ins Bett bringe und daß auch Sie sich schlafen legen. Ich frage mich nur, ob wir nicht die Polizei alarmieren sollten.«

»Das ist natürlich Ihr gutes Recht.«

»So hab ich es nicht gemeint. Ich frage mich nur, ob wir nicht dazu verpflichtet sind. Aber jetzt kann die Polizei ohnehin nichts mehr machen. Meinen Sie nicht auch?«

Er gab keine Antwort. Seine Gedanken kreisten um die Dose mit dem Haushaltsgeld, um Ben, der gewöhnlich nur drei oder vier Dollar in der Tasche hatte und der nie Geld von ihm verlangte. Jede Woche erhielt er von seinem Vater fünf Dollar, die er nach einem knappen Dankeschön ein wenig verlegen einsteckte.

Dave dachte auch an den Lieferwagen, der viel zu klapprig war, um eine lange Fahrt zu überstehen. Er hatte ihn vor sechs Jahren aus zweiter Hand gekauft und benutzte ihn nur, wenn er Reparaturen an Ort und Stelle auszuführen hatte. Wie einstmals sein Kollege in Waterbury baten ihn auch hier die Leute dann und wann, eine Pendeluhr wieder in Stand zu setzen. Ihm oblag es auch, die Uhr am Bürgermeisteramt, an der Schule, an der protestantischen und der methodistischen Kirche zu warten. Im Heck seines Lieferwagens hatte er sich eine Art Werkstatt eingerichtet, wo seine Instrumente wie in den Reparaturwagen der Elektrizitätswerke aufgereiht waren.

Vor Monaten schon hätte er die Reifen wechseln sollen. Außerdem lief der Motor schon nach wenigen Meilen heiß, und wenn Ben nicht ständig Wasser in den Kühler nachgoß, würde er keine hundert Meilen ohne eine schwere Panne schaffen.

Unvermittelt geriet er über sich selbst in Harnisch, weil er kein neues Auto gekauft, diese Ausgabe immer wieder verschoben hatte.

»Hoffentlich werden sie nicht auf der Straße angehalten«, seufzte Isabelle Hawkins. »Nun, so ist es nun mal! Vielleicht geht alles noch gut aus. Man kann die Kinder nicht nach Belieben gängeln, sie sind nicht unser Eigentum. Steh auf, Hawkins!«

Sie war kräftig genug, um ihn am Arm hochzuhieven und ihn vor sich her zu schieben. Sie tat es ohne Hast, und er leistete keinen Widerstand. Sie hob den Kopf und sagte abschließend:

»Wenn ich etwas Neues erfahre, lasse ich Sie es gleich wissen, aber es würde mich schon sehr wundern, wenn meine Tochter uns von sich aus Nachricht geben würde.«

Er vernahm noch, wie sie draußen flüsterte:

»Paß auf, wo du hintrittst! Halte dich an mir fest! Zieh die Füße nicht nach!«

Der Mond war verschwunden. Sie brauchten eine halbe, wenn nicht gar eine ganze Stunde, um nach Hause zu gelangen, denn alle zehn Minuten würden sie auf der dunklen Straße Rast machen müssen.

Auch Ben war jetzt auf der Straße. Mit Lillian an seiner Seite, die sich bestimmt an ihn schmiegte, blickte er wohl unverwandt auf den Lichtkegel der Scheinwerfer. Dabei waren sie zu schwach, vor allem der linke, der manchmal ohne jeden Grund erlosch und wieder aufflammte, wie manche alten Radioapparate, denen man ein paar kräftige Stöße versetzen muß, damit sie wieder gehen. Ob Ben sich daran erinnerte? Würde man bei einer der Polizeikontrollen, die nachts ja öfter vorgenommen werden, seinen Führerschein als gültig anerkennen?

Er sorgte sich geflissentlich um diese Lappalien, um nicht an andere Dinge denken zu müssen. Er war wieder allein, allein in dem dunklen Appartement, wo nur im Wohnzimmer das Licht brannte, und wie schon vor fünfzehneinhalb Jahren kam es ihm nicht in den Sinn, zu Bett zu gehen oder sich eine Zigarette anzuzünden.

Der Führerschein war gesetzlich ungültig, zumindest im Staat New York, wo die Altersgrenze bei achtzehn Jahren lag. Schon sonderbar, daß Ben vor zwei Monaten – im März – in eine kleine Stadt in Connecticut gefahren war, die dreißig Meilen von Everton entfernt war, um dort seine Fahrprüfung abzulegen. Er hatte seinem Vater nichts davon gesagt, ihm nur erklärt, er wolle mit einem Freund, der ein Auto besaß, eine kleine Spritztour machen. Erst nach acht Tagen, als die beiden allein in der Wohnung waren, hatte er seine Brieftasche hervorgeholt und ihr einen kleinen Ausweis entnommen.

»Was ist das?« wollte Dave wissen.

»Schau selbst.«

»Ein Führerschein? Du weißt doch, daß du im Staat New York trotzdem nicht Auto fahren darfst.«

»Ich weiß.«

»Und?«

»Nichts. Ich habe die Prüfung zum Spaß gemacht.«

Er war stolz auf das bedruckte Papier, das auf seinen Namen lautete und ihm bescheinigte, daß er nunmehr ein Mann war.

»Konntest du denn alle Fragen beantworten?«

»Ohne weiteres. Ich hatte doch das Handbuch durchgeackert.«

»Welchen Wohnort hast du angegeben?«

»Waterbury. Sie verlangen dort keinen Wohnungsnachweis. Ich hatte mir vom Onkel meines Freundes einen Wagen mit dem Nummernschild von Connecticut ausgeliehen.«

Ben konnte schon seit mindestens zwei Jahren Auto fahren, und bereits als kleiner Junge wußte er mit dem Wagen umzugehen. Mit zehn Jahren brachte er ihn in die Garage oder holte ihn heraus, und später übte er oft hinter dem Haus.

Dave hatte gelächelt und ihm den Führerschein zurückgegeben:

»Benutze ihn lieber nicht!«

Isabelle Hawkins zufolge traf er sich zu dieser Zeit schon abends mit Lillian. Als Steves Freund war er oft bei ihren Eltern zu Gast, verzehrte Sandwiches mit den anderen Kindern, schenkte sich ein Glas Milch ein und spülte es hinterher aus, als wäre er dort zu Hause.

Was er sich aber gar nicht recht vorzustellen vermochte, das war Ben, der daheim nie bei der Hausarbeit half, der nicht einmal sein Bett ordentlich machen noch seine Schuhe putzen konnte, wie er dort zu den Werkzeugen griff, um den Laden von Mrs. Hawkins zu reparieren.

Da überkam es Dave wie eine Erleuchtung: eifersüchtig war er! Als ihm vorhin bei der Erzählung der Frau das Blut aus dem Gesicht gewichen war, hatte ihn ein Anfall von Eifersucht gepackt.

Er war noch nie im Haus der Hawkins gewesen. Zwar kam er gelegentlich an diesem großen, seit Jahren nicht mehr gestrichenen, verfallenen Holzschuppen vorüber, der von vernachlässigtem, mit Abfällen übersätem Brachland umgeben war und auf dessen Veranda sich andauernd Kinder und Hunde balgten. Aus Angst, ein Kind oder ein Tier könnte unerwartet auf die Straße rennen und unter sein Auto kommen, drückte er stets auf die Hupe.

Die Zwillinge mit dem kupferroten Haar rasten oft auf ihren Fahrrädern freihändig auf den Bürgersteigen der Ortschaft dahin und stießen dabei ein wildes Indianergeheul aus.

Während zwei Monaten – vielleicht waren es sogar drei – hatte Ben diese Leute Tag für Tag aufgesucht und sich zweifellos ein wenig wie ein Familienmitglied gefühlt.

Seinem Vater gegenüber aber ließ er keinen Ton davon verlauten. Er hatte überhaupt nie das Bedürfnis verspürt, sich ihm anzuvertrauen. Schon als kleiner Junge behielt er alles für sich. Unvergeßlich war ihm der Tag, an dem er seinen vierjährigen Sohn zum ersten Mal in den Kindergarten gebracht und dieser ihm, ohne eine Träne zu vergießen, lange vorwurfsvoll nachgeblickt hatte. Als er ihn wieder abgeholt hatte, war er voller Besorgnis gewesen.

»Hast du auch Spaß gehabt?«

Ohne eine Miene zu verziehen, ohne den Anflug eines Lächelns, gab das Kind zur Antwort:

»Ja.«

»Ist die Kindergärtnerin nett?«

»Ich glaube schon.«

»Deine Kameraden auch?«

»Ja.«

»Was habt ihr gemacht?«

»Gespielt.«

»Sonst nichts?«

»Nein.«

In den folgenden Monaten hatte Dave Tag für Tag solche Fragen gestellt und immer dieselben Antworten erhalten.

»Gehst du gern in den Kindergarten?«

»Ja.«

»Ist es dort schöner als zu Hause?«

»Ich weiß nicht.«

Es dauerte eine geraume Zeit, bis Dave durch geduldiges Fragen und sorgfältiges Abwägen der Antworten herausbrachte, daß in Bens Klasse ein größerer und stärkerer Schüler war, der einen Pik auf seinen Sohn hatte.

»Schlägt er dich?«

»Manchmal.«

»Womit?«

»Mit seinen Fäusten oder mit sonstwas. Er wirft mich auch in den Dreck.«

»Und du setzt dich nicht zur Wehr?«

»Ich werde es ihm zeigen, wenn ich so groß bin wie er.«

»Läßt die Kindergärtnerin das denn zu?«

»Sie merkt es nicht.«

Damals hatte er noch kurze Beine, und sein Kopf wirkte übergroß. Oft überraschte ihn sein Vater dabei, wie er, wenn er sich unbeobachtet glaubte, mit ernsthaftem Gesicht lange Sätze vor sich hinmurmelte.

»Was sagst du da, Ben?«

»Nichts.«

»Mit wem redest du?«

»Mit mir selber.«

»Was erzählst du dir denn?«

»Halt Geschichten.«

Was das für Geschichten waren, das verriet er ihm nie. Er gewährte ihm keinen Einblick in sein geheimes Reich. Oft hatte sich Dave Gedanken darüber gemacht, was er dem Kind sagen würde, wenn es ihn einmal nach seiner Mutter fragte. Aus einer Art Aberglauben widerstrebte es ihm, ihm zu erzählen, sie sei gestorben. Wie sollte er Ben aber erklären, daß sie sie verlassen hatte und er sie wohl nie zu sehen bekäme?

Er hatte ihn jedoch nie nach ihr gefragt. Ben war fast sieben Jahre alt, als sie von Waterbury wegzogen. Ob er von seinen Schulkameraden, die von ihren Eltern etwas aufgeschnappt hatten, die Wahrheit erfahren hatte?

Wenn dem so war, dann hatte er sich jedenfalls nichts anmerken lassen. Ben war kein muffiges Kind, und als verschlossen konnte man ihn auch nicht bezeichnen. Wie es seinem Alter entsprach, führte er dann und wann wilde Freudentänze auf.

»Bist du glücklich, Ben?« fragte ihn sein Vater oft, wobei er sich alle Mühe gab, einen munteren Plauderton anzuschlagen.

»Ja.«

»Ganz bestimmt?«

»Ganz bestimmt.«

»Möchtest du nicht mit einem anderen Jungen tauschen?«

»Nein.«

Auf solchen Umwegen versuchte er herauszubekommen, was in seinem Sohn vor sich ging. Als er einmal mit dem inzwischen dreizehnjährigen Jungen über die Felder wanderte, fragte er ihn mit verhaltener Stimme:

»Weißt du, daß ich dein Freund bin, Ben?«

»Ja.«

»Ich möchte, daß du mich immer als deinen Freund ansiehst, daß du nie Angst hast, mir alles zu sagen.«

Galloway wagte nicht, weiter in den Jungen zu dringen, denn er spürte, daß dieses Gespräch seinem Sohn peinlich war. Ben hatte mit seinen Gefühlen immer verschämt hinter dem Berg gehalten.

»Wenn du einmal etwas von mir wissen möchtest, dann frage mich nur geradeheraus. Ich verspreche dir, daß ich dir ganz offen antworten werde.«

»Was sollte ich dich fragen wollen?«

»Ich weiß nicht. Manchmal möchte man zum Beispiel wissen, warum die Leute dieses oder jenes tun, warum andere auf eine bestimmte Weise leben.«

»Ich habe keine Fragen.«

Dann hatten sie Steine über einen Tümpel springen lassen.

Um sieben Uhr klingelte das Telefon in seinem Laden, direkt unter dem Fußboden, der ein wenig erzitterte. Sofort fand Dave wieder in die Gegenwart zurück. Die Frage war, ob er die Zeit hätte, die Treppe hinunterzurennen, um das Haus herumzulaufen und sein Geschäft aufzuschließen, oder ob die Telefonistin es vorher aufgeben würde.

Das war schon vorgekommen. Wenn es Ben war, dann würde er in ein paar Minuten wieder anrufen.

An der Hausecke vernahm Dave das Klingelzeichen noch, doch als er endlich die Tür aufgeschlossen hatte, war es verstummt.

Die Sonnenscheibe hatte denselben matten Glanz wie letzte Nacht der Mond. Die Straßen waren wie ausgestorben. Auf dem Rasenstück vor dem Kino hüpften Vögel umher.

Mit schweren Gliedern blieb er vor dem Apparat stehen, ließ ihn keinen Moment aus den Augen. Die Tür stand offen, so daß die kühle Morgenluft hereinströmte.

Ein oder zwei Autos fuhren vorüber, sicher Leute aus New York oder der Vorstadt, die aufs Land wollten. Unwillkürlich fischte er in seiner Westentasche nach Zigaretten. Er hatte sie oben vergessen.

Er wurde nicht wieder angerufen. Er hatte auch nicht im Ernst geglaubt, daß es Ben war, er wußte selbst nicht, warum.

Eine halbe Stunde verrann. Dann noch eine Viertelstunde. Ihn gelüstete nach einer Zigarette und einer Tasse Kaffee, aber aus Angst, einen weiteren Anruf zu verpassen, wagte er nicht, nach oben zu gehen. Wie oft hatte Ben, der abends gern mit Freunden telefoniert hätte, ihn gedrängt, doch endlich einen Anschluß in die Wohnung legen zu lassen. Warum nur hatte er diese Ausgabe immer hinausgeschoben?

Er mußte sehr spät in einen bleiernen, unruhigen Schlaf gefallen sein, denn er fühlte sich noch abgeschlagener als am Abend vorher.

Er erwog, Musak anzurufen. Aber was sollte er ihm schon sagen?

Ihm das Vorgefallene erzählen? Sie hatten nie miteinander über ihre persönlichen Angelegenheiten geredet. Dave wäre es nie eingefallen, sich bei jemandem auszusprechen.

Mit aufgestützten Ellbogen stand er am Ladentisch. Seine Lider brannten. Er hatte sich nicht von der Stelle gerührt, als ein Wagen die Main Street herunterraste, um die Ecke schoß und genau gegenüber seinem Laden zum Stehen kam.

Zwei Männer in Polizeiuniform entstiegen dem Auto. Beide hatten rosige, ausgeruhte Gesichter und waren frisch rasiert. Sie hoben den Kopf, um den Namen über dem Schaufenster zu lesen. Einer blickte in ein Notizbuch, das er aus seiner Tasche gezogen hatte.

Unverzüglich ging Galloway den Männern entgegen, denn er hegte keinen Zweifel daran, daß sie zu ihm wollten.

3

Er blieb an der Tür stehen, blinzelte, weil ihm die Morgensonne ins Gesicht schien, öffnete schon den Mund, um die Frage zu stellen, die ihm auf der Zunge lag: ›Hatte mein Sohn einen Unfall?‹

Er wußte selber nicht, was ihn davon abhielt. War es eine intuitive Scheu oder etwas an der Haltung der beiden Männer? Sie schienen überrascht, ihn hier vorzufinden, sahen einander betreten an. Wunderten sie sich über seine Bartstoppeln und seinen zerknitterten Anzug, in dem er die Nacht im Sessel verbracht hatte?

In Radley, fast gegenüber der High-School gab es eine Polizeiwache. Galloway kannte die sechs Männer, die dort im Amt waren, zumindest vom Sehen. Zwei von ihnen waren schon öfters mit ihrem Dienstwagen vor seinem Laden vorgefahren, um eine Uhr bei ihm in Reparatur zu geben.

Diese beiden aber kamen nicht aus Radley, sondern entweder aus Poughkeepsie oder von noch weiter her.

Irgendwann hätte er wohl doch seine Frage gestellt, schon um das Peinliche der Situation zu überbrücken, doch da redete der Kleinere der beiden ihn an:

»Sind Sie Dave Clifford Galloway?«

»Ja.«

Nach einem Blick in sein Notizbuch fuhr der Polizist fort:

»Dann gehört Ihnen also der Lieferwagen, ein Ford mit der Nummer 3 M-2437?«

Er nickte, fühlte sich jedoch sogleich in die Defensive gedrängt. Instinktiv spürte er, daß er Ben schützen mußte. Er fragte in völlig unpersönlichem Ton, als handle es sich um eine Lappalie:

»Wohl eine Karambolage?«

Sie sahen einander vielsagend an, schließlich ließ sich der eine zu einer Antwort herbei:

»Nein, keine Karambolage.«

Er durfte jetzt nichts mehr sagen. Von nun an würde er sich darauf beschränken, ihre Fragen zu beantworten. Er sah, daß sie über seine Schulter hinweg ins Ladeninnere zu blicken versuchten. Er wich zurück, um sie hereinzulassen.

»Arbeiten Sie denn an einem Sonntagmorgen um acht?«

Diese Bemerkung sollte wohl ironisch sein, denn das Schaufenster war leer, und die zu reparierenden Uhren hingen nicht an ihren Nägeln über der Werkbank.

»Ich war nicht an der Arbeit. Ich wohne im ersten Stock. Vor etwa einer halben Stunde hörte ich durch den Fußboden hindurch das Telefon klingeln, und so lief ich hinunter. Ich muß um das ganze Haus herumgehen, und als ich in den Laden kam, war niemand mehr am Apparat. Also wartete ich hier, in der Annahme, daß man nochmals telefonieren würde.«

»Der Anruf kam von uns.«

Dave ersah aus ihren betretenen Gesichtern, daß sie auf etwas anderes gefaßt gewesen waren. Sie wirkten nicht bedrohlich, eher ratlos.

»Sind Sie letzte Nacht mit Ihrem Auto unterwegs gewesen?«

»Nein.«

»Befindet es sich in Ihrer Garage?«

»Es ist nicht mehr da. Es ist seit gestern abend verschwunden.«

»Wann haben Sie das bemerkt?«

»Zwischen halb zwölf und Mitternacht, als ich nach Hause kam. Ich hatte den Abend bei einem Freund verbracht.«

»Wie heißt dieser Freund?«

»Frank Musak. Er wohnt in der ersten Straße rechts, die gleich nach dem Postamt abgeht.«

Der Polizist mit dem Notizbuch schrieb sich den Namen und die Adresse auf.

Galloway bewahrte kaltes Blut. Er hatte keine Angst. Dennoch nahm der Gedanke von ihm Besitz, daß er nunmehr, da er von uniformierten Polizisten befragt wurde, nicht mehr ein Bürger war wie jeder andere. Draußen waren Passanten unterwegs, vor allem junge Mädchen und Kinder in Sonntagskleidern. Sie befanden sich auf dem Weg zur katholischen Kirche und warfen neugierige Blicke auf den offenen Laden und die beiden Polizisten.

»Haben Sie gleich beim Nachhausekommen das Verschwinden Ihres Wagens bemerkt?«

»Ja.«

»Sind Sie daraufhin noch einmal weggegangen?«

»Nein.«

Zwar log er nicht gerade, aber er führte sie doch hinters Licht. Wenn er nur nicht errötete! Wiederum sahen sich die Männer vielsagend an und zogen sich in einen Winkel des Ladens zurück, wo sie sich mit halblauter Stimme berieten. Unwillkürlich hatte sich Galloway hinter den Ladentisch begeben, als wollte er Kunden empfangen, und er versuchte nicht einmal, mitanzuhören, was sie sagten.

»Darf ich Ihr Telefon benutzen? Keine Sorge, das Gespräch geht auf unsere Rechnung.«

Der Polizist wählte die Nummer der Vermittlung.

»Hallo! Hier ist die Landespolizei. Können Sie mich bitte mit der Polizeiwache in Hortonville verbinden? ... Ja ... Vielen Dank.«

Es war ein herrlicher Frühlingsmorgen. Die Kirchenglocken begannen zu dröhnen, auf den mit gelben Blüten übersäten Rasen gegenüber warfen die Bäume lange bläuliche Schatten.

»Bist du es Fred? Dan am Apparat. Gib mir doch bitte den Lieutenant.«

Er mußte nur einen Augenblick warten. Dann sprach er mit gedämpfter Stimme, beinahe im Flüsterton, wobei er die Hand vor die Sprechmuschel hielt.

»Wir sind an Ort und Stelle, Lieutenant. Er ist da ... Hallo! . Ja ... Er befand sich in seinem Laden ... Nein ... Allem Anschein nach nichts ... Er wohnt im ersten Stock und hat das Telefon klingeln hören ... Wie soll ich Ihnen das erklären? ... Also, das Haus ist so angelegt, daß er die Wohnung verlassen, um das recht langgestreckte Gebäude herumlaufen muß ... Ja ... Ja ... Der Lieferwagen soll gestern nacht vor halb zwölf Uhr aus der Garage verschwunden sein ...«

Die Stimme des Lieutenants dröhnte so laut, daß die

Verstärkerplatte vibrierte, aber was er sagte, war nicht zu verstehen. Im Gesicht des Polizisten, der den Hörer in der Hand hielt, malte sich weiterhin Ratlosigkeit.

»Ja... Ja... Selbstverständlich... Etwas ist schon sehr sonderbar.«

Während des Gesprächs musterte er Galloway voller Neugier, aber ohne jede Feindseligkeit.

»Es ist vielleicht besser so... Ungefähr in einer Stunde... Vielleicht auch ein wenig später...«

Er hängte ein, zündete sich eine Zigarette an.

»Der Lieutenant möchte, daß Sie mitkommen, um Ihren Lieferwagen zu identifizieren.«

»Kann ich schnell oben abschließen?«

»Natürlich.«

Dave zog die Türklinke ab, und ging, gefolgt von den Polizisten, zum rückwärtigen Eingang. Einer der beiden bemerkte sogleich den frischen Kratzer an der Garagentür.

»Ist das die Ihre?«

»Ja.«

Er öffnete einen Türflügel, um einen Blick ins Innere zu werfen. Außer einem schwarzen Ölfleck auf dem Zementboden, wo vorher der Wagen gestanden hatte, war nichts zu sehen.

Dave wandte sich zur Treppe. Der Kleinere der beiden Männer heftete sich an seine Fersen. Sie mußten sich nochmals heimlich ein Zeichen gegeben haben.

»Die Zeit ist wohl zu knapp, um mir rasch eine Tasse Kaffee zu machen?«

»Wir können ja unterwegs kurz anhalten, das geht schneller.«

Sein Begleiter blickte voller Verwunderung um sich, wie einer, der sich fragt, ob er sich nicht in der Tür geirrt hat. Während Dave sich kämmte und mit kaltem Wasser übers Gesicht fuhr, warf er schnell einen Blick in die beiden Zimmer.

»Sie scheinen sich ja nicht schlafengelegt zu haben«, stellte er fest.

Galloway suchte nach einer passenden Antwort, doch der Polizist fügte sogleich hinzu:

»Das geht mich nichts an. Sie brauchen mir überhaupt nichts zu sagen.«

Nach einer Weile stellte er in unbeteiligtem Ton eine weitere Frage, die sich eher wie eine beiläufige Bemerkung anhörte.

»Verheiratet sind Sie wohl nicht?«

Dave hätte gern gewußt, wie er darauf gekommen war. Schon um Bens willen hatte er stets darauf geachtet, daß ihre Wohnung sich nicht wie eine Junggesellenbude ausnahm. Bei Musak zum Beispiel hatte er das immer wieder festgestellt. Das sprang einem einfach in die Augen. Schon allein der Geruch zeigte an, daß keine Frau im Haus war.

»Früher war ich mal verheiratet«, sagte er nur.

Er verhielt sich ein wenig wie manche Schwerkranke, die so große Angst vor dem Ausbruch einer Krise haben, daß sie gleichsam auf Sparflamme leben, sich nur ganz behutsam bewegen und mit erloschener Stimme sprechen.

Im Grunde hatte ihn das plötzliche Auftauchen der beiden Polizisten nicht überrascht. Er hatte auch nie im Ernst geglaubt, daß Ben mit dem Auto verunglückt war. Wenn das der Fall gewesen wäre, hätten sie es ihm doch sofort gesagt. Seit er am Vorabend in die leere Wohnung getreten war, wußte er, daß sich ein Unheil zusammenbraute, und er duckte sich förmlich, um vom Schicksal nicht mit voller Wucht getroffen zu werden.

Was auch immer vorgefallen war, er mußte seinen Sohn schützen. Noch nie hatte er so deutlich, ja geradezu körperlich die Bande zwischen ihnen gespürt. Ben war nicht einfach ein anderer Mensch in Not, weiß der Himmel wo, sondern ein Stück von ihm selbst.

Er mußte wie ein Ehrenmann auftreten, der das Gesetz achtete, vielleicht ein wenig verschüchtert wirkte, sich aber nichts vorzuwerfen hatte.

»Es macht Ihnen hoffentlich nichts aus, daß ich nicht rasiert bin?«

Er war ein Rotkopf, wenn er auch keine flammende Mähne hatte wie die Hawkinsbuben. Sein sehr feines Haar wurde schon schütter, und im Sonnenlicht erschienen helle Sommersprossen auf seinen Wangen. Warum nur ging er in die Küche nachsehen, ob er auch den Elektroherd ausgeschaltet hatte? Einfach aus Gewohnheit! Er sperrte seine Tür ab. Unten wartete der zweite Polizist, dem sein Kollege etwas zuflüsterte.

»Kommen Sie!«

Er schickte sich an, auf dem Rücksitz des Wagens Platz zu nehmen, doch die Männer bedeuteten ihm, vorne einzusteigen, und zu seiner Überraschung setzte sich der Kleinere der beiden ans Steuer, während der andere auf dem Bürgersteig zurückblieb und ihnen nachsah.

»Immer kriegen wir solche Fälle am Sonntagmorgen«, sagte sein Begleiter im munteren Plauderton, als würde er mit einer wildfremden Person in einem Café ein Gespräch anknüpfen. »Am Samstagabend können die Leute einfach keine Ruhe geben.«

Daß es Sonntag war, spürte man allenthalben. In jedem Ort, durch den sie kamen, standen die Türen der weißgetünchten Kirchen offen. Auf den Straßen sah man Frauen mit weißen Handschuhen, hie und da auch kleine Mädchen in Reih und Glied, die Blumensträuße in den Händen hielten.

»Vergessen Sie nicht meine Tasse Kaffee«, brachte Dave mit gezwungenem Lächeln hervor.

»An der Ausfahrt von Poughkeepsie gibt es ein anständiges Drive-in-Lokal.«

Sie durchfuhren die Stadt, ohne anzuhalten, kamen über die Hudson-Brücke. Auf dem sonnenbeglänzten Fluß war ein Ausflugsdampfer unterwegs...

Sie gelangten in die Ausläufer der Catskill Mountains. Die kurvenreiche Straße führte bergauf und bergab, durch dunkle, kühle Wälder, dann einen See entlang. Sie kamen an vereinzelten Farmen vorüber, schließlich sah man nur noch Wiesen und Weiden. Vor einem Drive-in-Restaurant am Straßenrand, das von den bunten Reklameschildern der Limonadenfirmen verdeckt wurde, hielt der Polizist das Auto an. Ein junges Mädchen in weiten Hosen kam sofort gelaufen, und er gab die Bestellung auf.

»Zwei Becher Kaffee.«

»Schwarz?«

»Für mich schwarz und zwei Stück Zucker.«

»Das gleiche für mich.«

Die meisten Leute genossen den herrlichen Sonntag. Kurz darauf kamen sie an einem Golfgelände vorüber, wo verstreute Grüppchen unterwegs waren. Die Männer mit weißen Schirmmützen hatten ihre Golftaschen geschultert, die Frauen trugen bereits Shorts und Sonnenbrillen.

Aus dem Telefongespräch und den Reden der Polizisten, die Dave aufgeschnappt hatte, vermochte er zu schließen, daß die Fahrt nach Hortonville ging. Er war schon einmal in dem Ort gewesen, der an der Grenze zwischen dem Staat New York und Pennsylvania lag. Er glaubte sich zu erinnern, daß sich die Polizeiwache, ein einstöckiges Backsteinhaus, an der Durchgangsstraße befand. Everton und Hortonville waren etwa sechzig Meilen voneinander entfernt, wofür man mit dem Auto etwa Fünfviertelstunden brauchte.

Er zwang sich dazu, zu schweigen, keine Fragen zu stellen. Seine Hände waren feucht, auf seiner Oberlippe perlten Schweißtropfen.

»Rauchen Sie nicht?«

»Ich habe meine Zigaretten zu Hause vergessen.«

Der Polizist reichte ihm sein Päckchen hin, wies auf den elektrischen Feueranzünder. Eben hatten sie ein verschlafenes Städtchen durchfahren, vermutlich Liberty, dann säumte die Straße einen recht großen See, auf dem die Schiffe sich nicht von der Stelle zu rühren schienen. Wiederum kamen sie durch einen Wald. Plötzlich gab es Dave einen Ruck. Er setzte schon dazu an, den Fahrer am Arm zu packen.

Ihm war, als hätte er auf der rechten Straßenseite seinen braunen Lieferwagen gesehen, die rechten Räder im Gras, und im Schatten der Bäume die Gestalt eines Mannes in Polizeiuniform.

Dem Fahrer war seine Bewegung nicht entgangen.

»Ist das der Ihre?« fragte er scheinbar obenhin.

»Mir schien so.«

»Erst müssen wir den Lieutenant abholen. Das sind etwa zwei Meilen von hier. Später fahren wir sicher noch einmal her.«

Die Polizeiwache befand sich in einem rosarot gestrichenen Backsteinbau mit Blumenbeeten zu beiden Seiten des Eingangs. Nach der Helligkeit draußen wirkte das Innere sehr dunkel. Galloway fröstelte beinahe, was sicher auch auf seine nervöse Anspannung zurückzuführen war. Als man ihn allein im Gang warten ließ, begann er vor Kälte zu zittern.

»Kommen Sie doch bitte herein.«

Der Lieutenant war ein junger, athletischer Mann. Zu Daves Überraschung begrüßte er ihn mit einem kräftigen Händedruck.

»Tut mir leid, Mister Galloway, daß ich Sie behelligen mußte, aber es blieb mir keine andere Wahl.«

Was hatte der Lieutenant dem Polizisten, der ihn hergefahren hatte, während ihres langen Gesprächs nur mitgeteilt? Dieser sah ihn nicht mehr auf dieselbe Art an. Dave gewann fast den Eindruck, als läse er in seinen Blicken viel mehr Sympathie als vorher, ja so etwas wie Achtung.

»Haben Sie Ihren Lieferwagen unterwegs erkannt?«

»Ich glaube schon.«

»Am besten fangen wir damit an. Es wird nur einige Minuten in Anspruch nehmen.«

Er griff nach seiner betreßten Mütze, die an einem Wandhaken hing, setzte sie auf und schritt auf den Wagen zu, wobei er dem anderen Polizisten bedeutete mitzukommen.

»Gestern abend sollen Sie beim Tricktrack ja keine sehr glückliche Hand gehabt haben.«

Man hatte also Musak schon befragt und machte kein Geheimnis daraus. Die Bemerkung sollte ihm vielmehr zeigen, daß man die Karten offen auf den Tisch legte.

»Nehmen Sie uns das bitte nicht übel, Mister Galloway. Sie wissen doch, daß es zu unserem Beruf gehört, alles zu überprüfen.«

Dann waren sie schon beim Lieferwagen angelangt. Daves erster Blick galt den Reifen, von denen keiner geplatzt war. Jetzt waren seine Handflächen wirklich schweißnaß, und als er aus dem Auto stieg, fürchtete er einen Augenblick lang, daß seine Beine unter ihm nachgaben.

»Erkennen Sie Ihre Mühle wieder?«

»Ja.«

»Sind die Geräte im Heck Uhrmacherwerkzeuge?«

»Ja.«

»Ich habe eine Zeitlang daran herumgerätselt, weil ich mir nicht vorstellen konnte, zu welchem Handwerk diese Instrumente dienen. Werfen Sie doch bitte einen Blick ins Innere.«

Er öffnete den Wagenschlag. Unwillkürlich sah Dave als erstes auf den Fahrersitz, auf dem Ben gesessen hatte. Er fuhr verstohlen mit der Hand darüber, als haftete noch ein wenig von der Körperwärme seines Sohnes am Kunstleder. Neben dem Kupplungspedal lag ein zerknülltes weißes Läppchen, ein Damentaschentuch, das nach Kölnisch Wasser roch.

»Gegen zwei Uhr morgens hat unsere Streife das Auto entdeckt. Wahrscheinlich aber stand es schon eine Zeitlang hier, denn der Motor war bereits erkaltet. Die Scheinwerfer waren abgeschaltet.«

Galloway mußte einfach fragen:

»Läuft er?«

»Das ist es ja, was meinen Leuten verdächtig vorkam. Der Motor springt an. Eine Panne ist also auszuschließen.«

Er wandte sich an den Wachtposten.

»Du kannst ihn jetzt nach Poughkeepsie fahren.«

Dave war schon drauf und dran, zu protestieren und zu verlangen, daß man ihm seinen Wagen zurückgab.

»Kommen Sie mit, Mister Galloway.«

Während der Fahrt fiel kein einziges Wort. Erst als sie wieder im Büro anlangten, wohin ihnen der Polizist folgte, der ihn von Everton hergefahren hatte, tat der Lieutenant wieder den Mund auf.

»Mach die Tür zu, Dan.«

Der Polizeioffizier blickte sehr ernst drein, wußte nicht, wie er beginnen sollte.

»Zigarette?«

»Nein, danke. Ich hatte keine Zeit zu frühstücken und...«

»Ich weiß. Sie haben die ganze Nacht kein Auge zugetan, sich nicht einmal hingelegt.«

Tat Dave wirklich sein Möglichstes, alles, was in seinen Kräften stand, um seinen Sohn zu schützen? Er hatte große Sorge, daß er sich den Umständen nicht gewachsen zeigte. Auf Finten und Winkelzüge verstand er sich nicht.

Er hatte das Gefühl, daß der Lieutenant seine Gedanken von seinem Gesicht ablas. Warum behandelte er ihn eigentlich so zuvorkommend? Er war doch nichts weiter als ein kleiner Dorfuhrmacher, ein Mann ohne jede Bedeutung!

Unvermittelt setzte sich der Lieutenant, fuhr sich mit der Hand durch sein dichtes, kurzgeschorenes Haar.

»Seit Ihrem Aufbruch von Everton, Mister Galloway, haben wir viele Informationen erhalten, und es ist meine Pflicht, Sie davon in Kenntnis zu setzen. So haben wir zum Beispiel erfahren, daß das Ehepaar Hawkins Sie während der Nacht aufgesucht hat.«

Dave blieb reglos sitzen, zuckte nicht zusammen, und doch war ihm, als stünde ihm das Herz still, denn jetzt kam die Rede unweigerlich auf Ben.

»Einer der Hawkinsbuben radelte heute morgen durch den Ort und sah die uniformierten Polizisten in Ihrem Laden. Er kehrte sofort nach Hause zurück, um seiner Mutter davon zu berichten. Diese eilte unverzüglich zu Ihnen, in der Hoffnung, daß sie etwas über das Verbleiben ihrer Tochter erfahren würde.«

Bestimmt hatte auch der Lieutenant feuchte Hände, denn er holte ein Taschentuch hervor und zerknüllte es.

»Kennen Sie Ihren Sohn wirklich gut, Mister Galloway?«

Jetzt war es soweit. Dave hatte inständig gehofft, daß dieser Moment nie eintreten würde, obwohl das jeder Wahrscheinlichkeit, jeder Logik zuwiderlief. Ihm begannen die Augen zu brennen, sein Adamsapfel geriet in Bewegung. Taktvoll wandte der Lieutenant den Kopf zur Seite, damit er seinen Gefühlen freien Lauf lassen konnte.

War das noch seine eigene Stimme, die da hervorstieß:

»Ich glaube ihn zu kennen, ja doch...«

»Ihr Sohn ist gestern nacht nicht nach Hause gekommen. Hawkins' Tochter...«

Er warf einen Blick auf seine Notizen und fuhr fort:

»Lillian Hawkins hat im Laufe des gestrigen Abends mit ihren Sachen ihr Elternhaus verlassen.«

Er ließ eine halbe Minute verstreichen.

»Wußten Sie, daß die beiden zusammen in Ihrem Lieferwagen weggefahren waren?«

Warum sollte er das ableugnen? Ihn beschuldigte man doch und nicht Ben.

»Das nahm ich nach dem Besuch der Hawkins an.«

»Sind Sie denn nicht auf den Gedanken gekommen, die Polizei zu alarmieren?«

Er entgegnete ohne Umschweife:

»Nein!«

»Haben Sie sich denn wegen Ihres Sohnes noch nie beunruhigt?«

Er sah dem Lieutenant in die Augen und erwiderte mit fester Stimme:

»Nein.«

So ganz stimmte das nicht, aber seine Besorgnis war nicht von der Art gewesen, wie der Lieutenant sich das vorstellte. Ein gewöhnlicher Vater konnte seine Ängste nicht begreifen.

»Hatten Sie nie Ärger mit ihm?«

»Nein, er ist ein stiller Junge, der recht gut lernt.«

»Ich weiß inzwischen schon, daß er letztes Jahr zu den drei besten Schülern seiner Klasse zählte.«

»Ja, das ist richtig.«

»Dieses Jahr haben sich seine Noten allerdings verschlechtert...«

Er hätte ihm gern erklärt, daß Kinder sich von Jahr zu Jahr ändern, daß sie sich bald für das eine, bald für das andere interessieren, daß sie innerhalb von ein paar Jahren einen ganzen Zyklus durchlaufen müssen. Doch das Mitgefühl, das er in den Augen des Lieutenants las, verschloß ihm den Mund. Da saß er, ein Häufchen Elend, stammelte mit tonloser Stimme und gesenktem Kopf:

»Was hat er angestellt?«

»Möchten Sie den Polizeibericht selber lesen?«

Er schob ihm mehrere große Bögen über den Schreibtisch hin. Dave schüttelte verneinend den Kopf. Er wäre nicht dazu imstande gewesen, etwas zu lesen.

»Etwa eine Meile von hier, auf der Straße nach Pennsylvania, aber immer noch im Bundesstaat New York, gewahrte ein Autofahrer heute morgen eine menschliche Gestalt, die am Straßenrand lag. Es war halb sechs Uhr, und es begann eben zu dämmern. Erst fuhr der Mann einfach weiter, dann kamen ihm Gewissensbisse. Er dachte, daß es sich vielleicht um einen Verletzten handelte, und so kehrte er zu der Stelle zurück.«

Der Lieutenant sprach langsam, eintönig, als läse er den Bericht ab, aber in Wirklichkeit warf er nur dann und wann einen Blick auf die Bögen, die er wieder an sich genommen hatte.

»Kurz darauf kam der Mann zu uns, um zu melden, daß er einen Toten gefunden hatte. Ich hatte eben meinen Dienst in Poughkeepsie angetreten, als man mich anrief. Wenige Minuten nach den Leuten der hiesigen Polizeiwache traf ich an dem genannten Ort ein.«

Dave hätte nicht zu sagen vermocht, ob er überhaupt etwas hörte, vielmehr hatte er das Gefühl, daß die Wörter keine Wörter mehr waren, sondern daß sie sich in Bilder verwandelt hatten, die wie ein Farbfilm vor seinen Augen abliefen. Er hätte keinen einzigen Satz wiederholen können, und doch sah er jede Bewegung der Beteiligten vor sich, als wäre er dabeigewesen.

All das hatte sich ereignet, während er in seinem grünen Sessel am Fenster döste, draußen die Sonne aufging und die Vögel anfingen auf dem Rasen umherzuhüpfen.

»Aus den Papieren in den Taschen des Toten ersahen wir, daß es sich um Mister Charles Ralston handelt, ansässig in Long Eddy, einer Ortschaft, die etwa zehn Meilen von hier entfernt ist. Ich rief bei ihm zu Hause an. Dort meldete sich seine Frau. Von ihr erfuhr ich, daß ihr Mann gestern abend bei ihrer Tochter, die in einem Vorort von Poughkeepsie verheiratet ist, beim Essen war. Da sie selber seit einigen Wochen kränkelt, konnte sie ihn nicht begleiten und ging früh schlafen. Als sie mitten in der Nacht erwachte und ihren Mann nicht neben sich fand, beunruhigte sie sich nicht weiter, denn sie nahm an, er habe bei ihrer Tochter übernachtet, was hie und da vorkam, vor allem, wenn er ein Gläschen zuviel getrunken hatte. Charles Ralston leitete in dieser Gegend die Vertretung einer Kühlschrankfirma. Er war vierundfünfzig Jahre alt.«

Der Lieutenant hielt inne, dann sagte er leise:

»Er wurde durch einen Nackenschuß aus nächster Nähe getötet, vermutlich am Steuer seines Wagens. Wie aus den Spuren hervorgeht, schleifte man ihn an den Straßenrand. Seine Brieftasche wurde durchwühlt und das darin befindliche Geld entwendet. Laut Aussage seiner Frau hatte er zwölf oder vierzehn Dollar bei sich.«

Totenstille lastete im Raum, wie sie bisweilen im Schwurgerichtssaal eintritt, wenn das Urteil verlesen wird. Als erster bewegte sich Galloway, den die übereinandergeschlagenen Beine schmerzten.

»Soll ich weitersprechen?« fragte der Lieutenant.

Dave nickte. Er mußte die ganze Sache auf einmal hinter sich bringen.

»Die Kugel vom Kaliber 38 mm wurde aus einer Pistole abgefeuert. Charles Ralston verließ seine Tochter und seinen Schwiegersohn in einem blauen Oldsmobile Sedan, der im Bundesstaat New York zugelassen ist.«

Er warf einen raschen Blick auf seine Armbanduhr.

»Seit drei Stunden wird die Beschreibung des Wagens von allen Rundfunksendern durchgegeben, vor allem in Pennsylvania, denn er scheint in diese Richtung gefahren zu sein. Kurz vor Ihrem Eintreffen teilte mir die Polizei in Gagleton mit, daß letzte Nacht gegen zwei Uhr ein Wagen, der dieser Beschreibung entspricht, an einer Tankstelle auf freiem Feld angehalten hat. Die Insassen weckten den Tankwart, um vollzutanken.«

Daves Mund war trocken, seine Pupillen brannten, er vermochte keinen Speichel mehr abzusondern, und sein verkrampfter Adamsapfel würgte ihn.

»Der blaue Oldsmobile wurde von einem mittelgroßen, hellhäutigen jungen Mann gefahren, der einen beigefarbenen Regenmantel trug. Ein sehr junges Mädchen, das neben ihm saß, kurbelte das Fenster herunter und verlangte Zigaretten. Um nicht sein Büro aufschließen zu müssen, wo sich der Zigarettenautomat befand, gab ihr der Tankwart sein eigenes, angebrochenes Päckchen. Der junge Mann zahlte mit einem Zehndollarschein, dessen Seriennummer uns in Kürze durchgegeben wird.«

Das war alles. Was blieb da noch zu sagen? Der Lieutenant wartete, ohne Galloway anzusehen. Schließlich erhob er sich und bedeutete dem Polizisten, mit ihm nach draußen zu kommen. Dave rührte sich nicht von der Stelle. Die verrinnende Zeit drang nicht in sein Bewußtsein. Zweimal ertappte er sich dabei, wie er von einem kleinen Jungen träumte, den er zur Schule brachte. Es waren nichts weiter als Bilder, die mit großer Geschwindigkeit auf seiner Netzhaut abliefen. Er vermochte nicht zu denken. Das Telefon klingelte, er achtete nicht darauf. Bei genauem Hinhören hätte er verstehen können, was am Apparat, der sich im Büro nebenan befand, gesprochen wurde.

Seine Augen waren trocken geblieben. Jetzt stand endgültig fest, daß er überhaupt nicht weinen würde, denn über Tränen war er längst hinaus.

Als er nach langer Zeit aufblickte, stellte er mit Verwunderung fest, daß man ihn allein gelassen hatte. Er fühlte sich unbehaglich und hätte beinahe gerufen, denn er wagte nicht, von sich aus den Raum zu verlassen.

Es konnte ja sein, daß man ihn überwachte, jede seiner Bewegungen registrierte. Jedenfalls erschien in diesem Augenblick der Lieutenant unter der Tür.

»Jetzt möchten Sie sicher gerne nach Hause.«

Er nickte, gleichzeitig wunderte er sich ein wenig, daß man ihn nicht in Haft setzte. Er hätte sich nicht dagegen gewehrt. Im Grunde hätte er das ganz in Ordnung gefunden.

»Ich muß Sie bitten, das Protokoll zu unterschreiben. Sie können es vorher durchlesen. Es enthält nur die Erklärung, daß Sie Ihren Wagen identifiziert haben.«

Verriet er damit nicht Ben?

»Ist meine Unterschrift denn wirklich notwendig?«

Der andere sah ihn eindringlich an, und Dave unterschrieb folgsam.

»Im Vertrauen gesagt, die beiden haben seit gestern nacht schon eine beachtliche Strecke zurückgelegt und bereits den Staat Pennsylvania verlassen. Das letztemal wurden sie im County Jefferson in Virginia gesichtet.«

Mußte denn Ben, der nun schon seit dem Vorabend ununterbrochen am Steuer saß, nicht anhalten, um zu schlafen?

»Sie nehmen nicht die Highways, sondern Nebenstraßen und Feldwege, so daß sie schwer zu finden sind.«

Galloway hatte sich erhoben. Der Lieutenant legte ihm die Hand auf die Schulter.

»An Ihrer Stelle – ich spreche jetzt als Mensch zu

Ihnen und nicht als Polizeibeamter – würde ich mich schon jetzt nach einem guten Anwalt für meinen Sohn umsehen. Sie wissen doch, daß er das Recht hat, nur in seiner Gegenwart zu antworten, und das kann manchmal sehr viel ausmachen.«

Einfach unfaßlich, daß dieser *er* sein Sohn sein sollte, sein kleiner Ben, von dem man mit einem Male wie von einer erwachsenen Person sprach, die für ihre Handlungen verantwortlich ist. Am liebsten hätte er protestiert, so ungeheuerlich schien ihm das Ganze. Er mußte an sich halten, um nicht herauszuschreien: ›Aber er ist doch noch ein Kind!‹

Er hatte ihm das Fläschchen gegeben. Noch als Vierjähriger war Ben Bettnässer gewesen, worüber er sich am Morgen zu Tode schämte. Über ein Jahr lang hatte er darunter gelitten.

Wie viele Wochen war es jetzt her, daß Dave ihm zum letztenmal die Frage gestellt hatte:

»Glücklich?«

Er glaubte noch seine Stimme zu hören, die erst seit zwei Jahren so sonderbar tief klang, als er ohne nachzudenken antwortete:

»Ja, Dad.«

Große Phrasen waren nicht seine Sache. Er schüttete nicht leicht jemandem sein Herz aus. Aber kannte ihn Dave, der ihn sechzehn Jahre lang geradezu belauert hatte, nicht besser als jeder andere?

»Bring doch bitte Mister Galloway nach Hause!«

»Soll ich Dan auf der Rückfahrt mitnehmen?«

»Nein. Man hat ihn telefonisch instruiert.«

Wiederum streckte sich ihm eine breite, kräftige

Hand entgegen, die die seine länger drückte als bei der Begrüßung.

»Auf Wiedersehen, Mister Galloway. Ich halte Sie auf dem laufenden, außer wenn ich nicht mehr für den Fall zuständig sein sollte, was durchaus möglich ist.«

Nach einem kurzen Blick auf seinen Schreibtisch fügte er bei:

»Ihre Telefonnummer habe ich ja...«

Dave mußte die Augen schließen, so sehr blendete ihn die Sonne. Die Luft flimmerte und die Fliegen summten um die Blumen in den Beeten. Dann saß er auch schon im Wagen, wo jemand neben ihm sagte:

»Am besten, wir machen alle Fenster auf.«

Ein Arm erschien vor seinem Gesicht, um die Scheibe herunterzukurbeln. Er fuhr zusammen.

»Ach, wie dumm! Sie hätten sicher gern eine zweite Tasse Kaffee gehabt. Auf der Polizeiwache gab es welchen, aber ich bin nicht auf die Idee gekommen, Ihnen einen anzubieten.«

Er antwortete automatisch:

»Das macht überhaupt nichts.«

»Der Lieutenant ist ein ordentlicher Mann. Er hat drei Kinder. Das jüngste ist erst vor einer Woche zur Welt gekommen. Er hatte gerade mal wieder Dienst, so wie heute.«

Der Polizist nahm eine Hand vom Steuerrad, drehte an einem Knopf, und nach längerem Knacken ertönte eine näselnde Stimme, die unablässig eine Zahl wiederholte, offenbar eine Autonummer. Als sein Begleiter plötzlich abschaltete, als hätte er unabsichtlich eine Taktlosigkeit begangen, wurde Galloway sich bewußt, daß es sich um das Kennzeichen des blauen Oldsmobile handelte.

Noch zwei- oder dreimal versuchte der uniformierte Polizeibeamte ein Gespräch mit dem Uhrmacher anzuknüpfen, den er aus den Augenwinkeln beobachtete. Schließlich gab er es auf. Wieder kamen sie durch die Wälder und Dörfer, am Golfplatz vorbei, aber jetzt herrschte reger Autoverkehr, und auch vor den Restaurants waren zahlreiche Wagen geparkt. Noch vor wenigen Stunden war Ben auf dieser Straße dahingefahren, Lillian an seiner Seite, die sich eng an ihn schmiegte. Was wäre, wenn er jetzt mit aller ihm zu Gebote stehenden Kraft Bens Namen schriee, als könnte eine menschliche Stimme jede Entfernung aufheben und durch alle Vereinigten Staaten hallen?

Es drängte ihn so sehr dazu, daß er die Zähne zusammenbeißen und die Nägel in seine Handflächen pressen mußte. Er registrierte nicht, daß sie durch Poughkeepsie kamen, auch eine andere Stadt und ihre Vororte nahm er nicht wahr.

Als er das Schild erblickte, das die Aufschrift ›Everton‹ trug, hatte er nicht den Eindruck, nach Hause zu kommen. Das ›Old Barn‹, der First National Store, der Rasen, die Läden, sowohl sein eigener als auch der von Mrs. Pinch und dem Friseur, stellten nichts weiter mehr dar als das leere Gehäuse dessen, was einmal seine Heimat gewesen war.

Er wußte nicht, wie spät es war. Er hatte keinen Zeitbegriff mehr. Für ihn gab es weder Zeit noch Raum. Was sollte das heißen, daß Ben jetzt in Virginia, vielleicht sogar in Ohio oder Kentucky unterwegs war?

Er selber kannte nicht einmal Kentucky. Wie konnte dann ein Kind so weit fahren? Und dennoch fahndeten Dutzende, ja Hunderte von ausgewachsenen Männern, die für diese Art von Jagd ausgebildet und ausgerüstet waren, nach ihm, um ihn einzufangen.

Das konnte doch nicht wahr sein! Es ging doch nicht an, daß heute abend oder spätestens morgen alle amerikanischen Zeitungen sein Foto auf der Titelseite bringen würden, als wäre er ein gefährlicher Verbrecher.

»Soll ich Sie am rückwärtigen Hauseingang absetzen?«

Sonntags waren die Gehsteige um die Mittagszeit immer wie leergefegt. Sofort nach dem Gottesdienst verschwanden alle von den Straßen, so daß die Schritte lauter hallten. Erst zu Beginn des Baseballspiels würde der Ort wieder lebendig.

Der Polizist ging um den Wagen herum, öffnete ihm die Tür. Galloway reichte ihm die Hand und sagte höflich:

»Ich danke Ihnen.«

Quer über die Garagentür hatte jemand ein Isolierband geklebt und es an beiden Enden mit einem Wachssiegel versehen. Auch der Kratzer war mit einem gummierten Papierstreifen überdeckt. Als er die Treppe hinaufstieg, begegnete er keinem Menschen, aber im Geiste sah er noch den alten Hawkins auf der dritten Stufe liegen und mit wackelndem Kopf vor sich hin brabbeln.

Vielleicht war in diesem Moment schon alles entschieden. Daran hegte er kaum noch Zweifel. Er wollte es sich nicht zu genau ausmalen. Auf dem Treppenabsatz vermeinte er wieder Isabelle Hawkins' Stimme zu hören, wie sie ihm die Geschichte von ihrer Tochter und den achtunddreißig Dollar vorjammerte, die aus der Dose in der Küche verschwunden waren.

Hinter der Tür der alten Polin, die wegen ihrer geschwollenen Beine nur Pantoffeln trug, vernahm er Schritte. Diese klangen irgendwie verhalten und verursachten ein seltsam schlurfendes Geräusch, als schliche ein unsichtbares Tier durch den Wald.

Er schloß die Etagentür auf. Zu dieser Stunde lag ein Drittel des Wohnzimmers im Sonnenschein, auch die Ecke mit dem grünen Sofa. Dort pflegte Ben sich abends hinzulegen und zu lesen, wobei er das Buch hoch über sein Gesicht hielt.

»Findest du diese Stellung bequem?«

Die Antwort lautete:

»Ja, sehr.«

Galloway wußte nicht, was er mit sich anfangen sollte. Er hatte noch seinen Hut auf. Es kam ihm nicht einmal in den Sinn, sich Kaffee oder etwas zu essen zu kochen. Jeden Augenblick konnten jetzt die Schreie einsetzen, die den Beginn des Baseballspiels anzeigten. Wenn man im Badezimmer auf einen Hocker stieg, vermochte man durch die Lukarne einen Teil des Spielfelds zu überblicken.

Was hatte er eigentlich in der Küche zu suchen? Nichts. Da gab es nicht das geringste zu tun. Er trat wieder ins Wohnzimmer, sah seine Zigaretten auf dem Radioapparat liegen, rührte sie aber nicht an. Er hatte keine Lust zu rauchen. Seine Knie begannen zu schlottern, aber er setzte sich nicht hin.

Das Fenster war geschlossen. Die Hitze stand förmlich im Raum. Als er sich den Schweiß vom Gesicht wischte, bemerkte er, daß er noch seinen Hut aufhatte, und er nahm ihn ab.

Dann ging er unvermittelt in Bens Zimmer, als wäre er nur zu diesem Zweck in seine Wohnung zurückgekehrt, und warf sich bäuchlings auf das Bett seines Sohnes, umschlang das Kopfkissen und verharrte reglos in dieser Stellung.

4

Zu Anfang war sein Wille völlig ausgeschaltet, überhaupt nichts drang in sein Bewußtsein. Er blieb einfach unbeweglich liegen, weil ihn die Erschöpfung übermannte, weil er nicht mehr imstande war und auch keinen Grund dazu hatte, sich von der Stelle zu rühren. Nach und nach erschlafften seine Glieder, sein ganzer Körper, wie es bei Fieberanfällen vorkommt. Doch ihm schien, daß sein ermatteter Geist auf einer anderen Ebene zu intensiverem Leben erwachte. Es war beinahe so – aber das hätte er niemandem anvertraut, aus Angst, sich lächerlich zu machen –, als gelangte er zu einer höheren Wirklichkeit, in der alles eine ungemein scharf umrissene Bedeutung erhielt.

Er kannte diesen Zustand aus seiner Kindheit. Vor allem an einen besonderen Moment erinnerte er sich ganz genau, den er als Fünfjähriger in Virginia erlebt hatte. Das Ganze mochte eine Stunde gedauert haben, vielleicht auch nur ein paar Minuten, denn mit diesem Zustand verhielt es sich wie mit Träumen, die einem unendlich lang scheinen, weil die Zeit ausgeschaltet ist. Jedenfalls war ihm dieses Erlebnis unauslöschlich im Gedächtnis haftengeblieben, weil darin seine ganze Kindheit beschlossen lag.

Zwar döste er damals nicht bäuchlings auf einem

Bett wie jetzt auf dem seines Sohnes, vielmehr lagerte er draußen im Gras, die Hände im Nacken verschränkt, das Gesicht der Sonne zugewandt. Er hatte die Augen geschlossen und durch die Lider hindurch blitzten rote und goldene Funken.

Zu dieser Zeit verlor er seine ersten Milchzähne, und ohne sich dessen recht bewußt zu sein, spielte er mit der Zungenspitze an einem der wackelnden Zähne herum. Das tat gar nicht weh, vielmehr empfand er dabei ein so köstliches Wohlgefühl, das sein ganzes Wesen mit immer neuen Wellen überflutete, daß er davon überzeugt war, eine schwere Sünde zu begehen, und er immer voller Scham an diese Augenblicke zurückdachte.

Nie mehr hatte er sich seither in so tiefem Einklang mit der Natur gefühlt. Sein Herz pochte im Rhythmus der Erde, der Gräser ringsumher, der Baumkronen, die über seinem Kopf rauschten. Sein Pulsschlag wurde zum Pulsschlag der Welt. Er nahm alles mit geschärften Sinnen wahr, die Sprünge der Heuschrekken, die Kühle des Erdbodens, die er an seinem Rükken spürte, die Sonnenstrahlen, die auf seiner Haut brannten. Auch die sonst verworrenen Geräusche vermochte er mit wunderbarer Deutlichkeit voneinander zu unterscheiden. Da war das Hühnergegacker im Hof, das Brummen des Traktors auf der Anhöhe, die Stimmen, die von der Veranda ertönten, vor allem die seines Vaters, der eben seinen Whisky schlürfte und zugleich dem schwarzen Gutsverwalter seine Anordnungen gab.

Er konnte ihn nicht sehen, und doch bestand für ihn

kein Zweifel daran, daß das Bild, das er sich von ihm bewahrte, von diesem Tag herrührte, wie er im violetten Schatten saß und sich nach jedem Schluck seinen rotblonden Schnurrbart mit dem Zeigefinger abwischte.

Vereinzelte Silben drangen an sein Ohr, aber er versuchte nicht, ihren Sinn zu erfassen, denn die Bedeutung der Wörter war völlig nebensächlich. Worauf es ankam, das war der Klang von seines Vaters Stimme, die zugleich mit den anderen Geräuschen der Erde, ihrer Begleitmusik, warm und wohltuend ertönte.

Mitunter bekräftigte der Schwarze einen Satz mit einem lauten:

»Yes, sir.«

Auch seine Stimme klang anders als alle anderen, die er seither vernommen hatte. Sie kam aus tiefer Brust, in ihr war weiche, schwere Süße, die an das Fleisch einer reifen Frucht erinnerte.

»Yes, sir.«

Er sprach den Dialekt der Südstaaten, dehnte das Wörtchen »sir«, bis sich das »r« förmlich auflöste, so daß es sich in eine Art Zauberformel verwandelte.

Sie lebten damals im Geburtshaus seines Vaters. Die Erde war dunkelrot, grüner als irgendwo sonst glänzten hier die Blätter der Bäume, und die honigfarbene Sonne des Sommers legte sich einem wie Balsam auf die Haut.

In diesem Augenblick hatte er sich wohl geschworen, seinem Vater ähnlich zu werden. Wenn seine Mutter ihn mit dem Lieferwagen in die benachbarte Kleinstadt zur Schule fuhr und jemand sich darüber erging, wie sehr er ihr aus dem Gesicht geschnitten sei, blickte er die nächsten Tage andauernd besorgt in den Spiegel und litt Qualen.

Auch in der Stadt hatte der Staub eine rötliche Färbung, und die Holzhäuser waren im selben bräunlichen Gelb gestrichen wie Musaks Behausung. Wer weiß, vielleicht hatte Musak eine Zeitlang in Virginia gelebt?

Everton würde bald aus seiner mittäglichen Benommenheit erwachen, das wußte er. Überhaupt wußte er genau, wo er war, vergaß nichts. Doch war er durchaus fähig, ohne etwas durcheinander zu bringen, Vergangenheit und Gegenwart zu verknüpfen, sie zu einem Ganzen zu fügen, denn im Grunde bildeten sie ja doch eine Einheit.

Unten sagte eine Frau:

»Glaubst du, daß er daheim ist?«

Den antwortenden Ehemann erkannte er an der Stimme. Es war der Postbeamte, der jeden 4. Juli an der Spitze des Umzugs die Fahne trug. Dieser murmelte, während er seine Frau am Arm wegzog:

»Man soll ihn vor kurzem nach Hause gebracht haben. Komm jetzt!«

Obwohl sie leise redeten, verstand er alles.

»Der arme Kerl!«

Sie begaben sich bestimmt zum Baseballspiel. Dann kamen andere. Er vernahm mehr und mehr Schritte, die auf dem staubigen Gehsteig knirschten. Manche blieben stehen, andere gingen weiter, aber alle hoben den Kopf, um einen Blick auf sein Fenster zu werfen, dessen war er sich sicher.

Jeder wußte es. Wohl durch das Radio. Am frühen Morgen hatte die Polizei ihre Kollegen über ihre eigenen Kurzwellensender alarmiert, die Öffentlichkeit war erst während der Zwölfuhrnachrichten von den Geschehnissen in Kenntnis gesetzt worden.

Er entsann sich, daß auf dem Nachttisch Bens kleiner Radioapparat stand. Er hatte ihn seinem Sohn zum zwölften Geburtstag geschenkt, denn für ihn war es das Höchste, Abend für Abend das Cowboy-Programm zu hören.

Wie sonderbar, daß Ben sich in diesem Augenblick vielleicht in Virginia befand, von dem Dave ihm so oft erzählt, das sein Sohn aber nie gesehen hatte!

»Ist die Erde dort wirklich rot?« pflegte er ihn noch vor ein paar Jahren ungläubig zu fragen.

»Nicht gerade blutrot. Aber rot ist sie doch. Ich finde kein anderes Wort, um ihre Farbe zu beschreiben.«

Hatten sie in einem Drive-in etwas essen oder sich wenigstens ein paar Sandwiches kaufen können?

Jemand klopfte zwei-, dreimal gegen das Schaufenster seines Uhrenladens, vermutlich ein kleiner Junge. Dann, gleich dem Einsatz des Orchesters in der Oper, drangen die ersten Schreie vom Spielfeld herüber. Pfiffe ertönten, und nun brach der sonntägliche Tumult los, den die hochspringenden, wild gestikulierenden und brüllenden Zuschauer veranstalteten.

Eines Tages, kurz nach seiner Rast auf seinem Rasenplätzchen in der Mittagssonne, hatte ihn nicht seine Mutter von der Schule abgeholt, sondern einer der schwarzen Landarbeiter. Als er nach Hause gelangte, traf er seine Eltern nicht an, nur in Tränen aufgelöste Dienerinnen, die ihn voller Mitgefühl anblickten.

Er sollte seinen Vater nie wiedersehen. Dieser war am Morgen nach Culpeper gefahren, um zu versuchen, ein weiteres Darlehen zu erhalten. Gegen ein Uhr hatte ihn im Vorzimmer der Bank der Schlag getroffen. Seine Mutter war telefonisch benachrichtigt worden. Die Leiche brachte man sofort ins Beerdigungsinstitut.

Sein Vater war im Alter von vierzig Jahren gestorben. Seither hegte Dave die feste Überzeugung, daß er, da er ihm ja nachschlug, auch nicht älter werden würde. So stark war diese Vorstellung, daß er sich noch jetzt, als Dreiundvierzigjähriger, manchmal darüber wunderte, am Leben zu sein.

Hatte Ben denn auch Mutmaßungen darüber angestellt, daß er seinem Vater glich, daß ihrer beider Leben einen ähnlichen Verlauf nehmen würde? Nie hatte er gewagt, ihn danach zu fragen, überhaupt hielt ihn eine sonderbare Scheu davon ab, ihn zur Rede zu stellen. Oft beobachtete er ihn heimlich und suchte zu erraten, was in ihm vorging.

Ob sein Vater sich wohl auch solche Fragen gestellt, sich seinetwegen beunruhigt hatte? Verhält sich das so mit allen Vätern und Söhnen? In vielen Situationen war das Bild seines Vaters für ihn richtungweisend gewesen. Als Siebzehnjähriger hatte er sich einen Bart wachsen lassen, um ihm mehr zu gleichen.

Am Ende verklärte sich seine Erinnerung an den Vater nur deshalb, weil seine Mutter nach zwei Jahren wieder geheiratet hatte. Mit Bestimmtheit hätte er das nicht zu sagen gewußt. Oft kreisten seine Gedanken um diese Frage, vor allem wenn er sich wegen seines Sohnes beunruhigte.

Kaum zwei Wochen nach der Beerdigung wurde die Farm in Virginia verkauft. Seine Mutter übersiedelte mit ihm nach Newark in New Jersey. Er dachte nicht gern an diese Stadt zurück, und er hatte nie verstanden, warum seine Mutter ausgerechnet dorthin gezogen war.

»Wir waren bankrott«, lautete ihre spätere Erklärung, die ihm aber nicht stichhaltig vorkam. »Ich mußte meinen Lebensunterhalt verdienen und konnte nicht gut in der Nähe eine Arbeit annehmen, wo alle Welt mich und meine Familie kennt.«

Sie war eine geborene Truesdell, und einer ihrer Vorfahren hatte sich in der Armee der Konföderierten ausgezeichnet. Doch die Galloways standen ihrer Familie nicht nach, denn immerhin hatten sie einen Gouverneur und einen Historiker hervorgebracht.

In Newark mußten sie ohne Dienstboten auskommen. Sie wohnten im dritten Stock eines düsteren Backsteinhauses, dessen Feuerleiter an einem ihrer Fenster vorbeiführte und bis zur ersten Etage hinunterreichte.

Seine Mutter arbeitete in einem Büro. Sie ging abends oft aus. Dann engagierte sie ein junges Mädchen, um Dave zu hüten.

»Wenn du brav bist, ziehen wir bald wieder aufs Land in ein großes Haus.«

»Ein Haus in Virginia?«

»Nein, in der Nähe von New York.«

Nach ihrer Heirat mit Mister Musselman übersiedelten sie nach White Plains.

Würde er, wenn er das Radio andrehte, etwas über Ben erfahren?

Zwei- oder dreimal war er schon drauf und dran gewesen, doch scheute er davor zurück, seine Benommenheit abzuschütteln und sich der gnadenlosen Wirklichkeit auszuliefern. Schon die geringste Bewegung würde genügen, das wußte er. Dann müßte er wohl oder übel aufstehen, umhergehen, das Fenster öffnen, denn in der Wohnung wurde es brütend heiß. Ja, sogar essen würde er. Er spürte ein Zerren in der Herzgegend.

Später wäre immer noch Zeit dafür. Solange er in diesem Zustand verharrte, wie damals der kleine Junge in Virginia, fühlte er sich Ben näher.

Wenn aber sein Sohn gar keinen Wert darauf legte, ihm zu gleichen? Vor Jahren – Ben spielte mit anderen Kindern auf dem Bürgersteig gegenüber dem Laden – hatte er mitangehört, wie ein Junge, der Sohn des Automechanikers, sich brüstete:

»Mein Vater ist stärker als der deine. Er könnte ihn mit einem Faustschlag zu Boden strecken.«

Das stimmte. Der Automechaniker war ein Koloss, und Dave hatte kaum je Sport getrieben. Gespannt wartete er auf Bens Reaktion, der aber keinen Ton von sich gab.

Das hatte ihm sehr weh getan. Unsinnigerweise. Der kleine Vorfall besagte gar nichts. Dennoch hatte sich ihm das Herz zusammengekrampft, und noch sieben Jahre danach schmerzte ihn die Erinnerung daran.

Am meisten beängstigten ihn jedoch die Momente, in denen sein Sohn, wenn er sich unbeobachtet glaubte, ihn prüfend ansah. Wie ernst und nachdenklich sein Gesicht in solchen Augenblicken war, fremd und unnahbar. Stand Ben jetzt im Begriff, sich ein Bild von ihm zu machen, so wie er selbst einstmals von seinem Vater?

Gern hätte er gewußt, wie dieses Bild ausfiel, ihn gefragt: ›Schämst du dich auch meiner nicht gar zu sehr?‹

Oft lagen ihm solche Worte schon auf der Zunge, doch dann schien es ihm doch geraten, lieber vorsichtig seine Fühler auszustrecken:

»Bist du glücklich?«

Seiner Mutter wäre es nie in den Sinn gekommen, ihm eine solche Frage zu stellen. Hätte er es denn über sich gebracht, mit einem schroffen ›Nein!‹ zu antworten?

Denn glücklich war er keineswegs gewesen. Der bloße Anblick Musselmans, eines erfolgreichen Versicherungskaufmanns, der sich andauernd seine Wichtigkeit beweisen mußte, hatte ihm das Haus in White Plains verleidet. Das Zusammenleben mit Musselman und seiner Mutter war ihm so unerträglich geworden, daß er sich nach Abschluß der High School sofort in eine Fachschule für Uhrmacher einschrieb, um so schnell wie möglich seinen Lebensunterhalt zu verdienen und nicht mehr bei ihnen wohnen zu müssen...

Letzte Nacht hatte nun auch Ben ihn verlassen. Der geräumige Wandschrank in seinem Zimmer, eher eine Art Abstellkammer, war noch vollgestopft mit Spielsachen: aufziehbare Autos, Traktoren, ein Bauernhof mit Tieren, Cowboygürtel und -hüte, Sporen und mindestens zwanzig verschiedene Modelle von Pistolen, die samt und sonders zerbrochen waren.

Ben warf nichts weg. Er räumte die alten Spielsachen selber in den Schrank ein. Vor nicht gar so langer Zeit hatte Dave seinen Sohn dabei überrascht, wie er sich hingebungsvoll damit abplagte, einer Zehn-Cent-Flöte, die er als Neun- oder Zehnjähriger bekommen hatte, eine Melodie zu entlocken.

Drüben auf dem Sportplatz dröhnte die Stimme des Kommentators durch den Lautsprecher, während die Zuschauer in den Sitzreihen sicher über ihn tuschelten. Hatte Musak Radio gehört? Oder war ein Nachbar zu ihm gelaufen, um ihn zu benachrichtigen? Wie dem auch war, jetzt saß er auf seiner Veranda und paffte seine zusammengeflickte Pfeife, der bei jedem Zug ein Zischlaut entwich.

Unten vor seinem Laden hielt ein Wagen, dem zwei Männer entstiegen, jedenfalls nach dem Klang der Schritte zu urteilen. Sie traten ans Schaufenster und blickten ins Innere.

»Gibt es denn hier keine Klingel?« fragte der eine.

»Ich sehe keine.«

Sie klopften an die verglaste Tür. Dave rührte sich nicht von der Stelle. Dann begab sich einer der beiden auf die Fahrbahn, um einen Blick auf die Fenster im ersten Stock zu werfen.

Zweifellos hatte die alte Polin das ihre geöffnet und lehnte sich hinaus, denn der Mann rief sie an:

»Mister Galloway, bitte!«

»Das Fenster nebenan.«

»Ist er zu Hause?«

In einem Kauderwelsch aus Englisch und ihrer Muttersprache versuchte sie ihnen klarzumachen, daß sie sich zur Rückfront begeben, durch die kleine Tür zwischen den Garagen ins Haus treten und die Treppe hinaufsteigen mußten. Sie schienen verstanden zu haben, denn die Schritte entfernten sich.

Jeden Augenblick konnten sie jetzt an seine Tür pochen, und Dave fragte sich sogar, wer sie waren.

Es wurde jetzt ohnehin Zeit, wieder zu sich zu kommen. Seine Benommenheit war fast verflogen, und er mußte ein wenig nachhelfen, um diesen Zustand noch zu verlängern. Er hatte da eine bewährte Methode. Er spannte seine Muskeln an und preßte seinen Körper gegen die Matratze. Noch bevor er die Schritte im Treppenhaus hörte, hob er den Kopf und öffnete die Augen. Es war ein sonderbares Gefühl, seine alltägliche Welt unverändert vorzufinden, die vertrauten Konturen der Gegenstände, das helle Quadrat des Fensters und hinter der halboffenen Tür eine Ecke des Wohnzimmers.

Es klopfte. Er gab keine Antwort, setzte sich auf die Bettkante. Sein Geist war wie gelähmt und vermochte das ganze Ausmaß seines Unglücks nicht zu fassen.

»Mister Galloway!«

Das Klopfen wurde lauter. Die Nachbarin, die aus ihrer Wohnung getreten war, redete eifrig auf die beiden Männer ein.

»Ich habe ihn gegen ein Uhr heimkommen hören und bin ganz sicher, daß er nicht wieder weggegangen ist. Doch seltsamerweise hat sich seither nichts in der Wohnung gerührt.«

»Würden Sie ihm einen Selbstmord zutrauen?« fragte eine andere Stimme.

Dave runzelte verblüfft die Brauen, denn keinen Augenblick lang hatte er diese Möglichkeit erwogen.

»Mister Galloway! Hören Sie uns?«

Da mußte er wohl nachgeben. Er erhob sich, ging zur Tür und sperrte auf.

»Ja?« sagte er.

Die beiden waren keine Polizisten. Einer trug eine Ledertasche über der Schulter und hielt einen mächtigen Fotoapparat in der Hand.

Der Dickere der beiden nannte den Namen einer New Yorker Zeitung, als bedürfe es keiner weiteren Erklärung.

»Knips schon mal, Johnny.«

Statt sich zu entschuldigen, klärte er ihn auf:

»So ist das Foto noch rechtzeitig für die Nachtausgabe in der Redaktion.«

Sie warteten seine Erlaubnis nicht ab. Ein fahler Blitz und ein Klicken.

»Da fällt mir gerade ein ... Wo hielten Sie sich eben auf?«

Er antwortete, ohne sich zu besinnen, denn er war es nicht gewohnt zu lügen:

»Im Zimmer meines Sohnes.«

Das hätte er nicht sagen sollen, aber jetzt war es zu spät.

»Der Raum dort? Würde es Ihnen etwas ausmachen, für einen Augenblick mit uns hineinzugehen? Ja, so! Stellen Sie sich an sein Bett und blicken Sie darauf hinunter.«

Ein weiteres Auto hielt vor dem Haus. Eine Tür wurde zugeschlagen, und man vernahm eilige Schritte auf dem Gehsteig.

»Mach schnell! Bist du fertig? Zisch ab in die Redaktion. Kümmere dich nicht um mich. Ich komme schon irgendwie in die Stadt. Tut mir leid, Mister Galloway, aber wir waren als erste hier, und wer zuerst kommt, mahlt zuerst.«

Zwei andere Männer traten in die Wohnung, die nicht mehr abgeschlossen war. Sie kannten sich alle, redeten miteinander und blickten neugierig umher.

»Man hat uns gesagt, daß die Polizei Sie gegen ein Uhr nach Hause brachte und Sie immer noch nüchtern waren. Haben Sie inzwischen etwas gegessen?«

Er verneinte. Gegen ihre Tatkraft konnte er nicht an. Sie kamen ihm so überlegen vor und so ungeheuer selbstbewußt!

»Haben Sie keinen Hunger?«

Er hätte es nicht zu sagen gewußt. Der Lärm, das ständige Kommen und Gehen, die andauernd aufflammenden Blitzlichter machten ihn ganz wirr im Kopf.

»Haben Sie die Mahlzeiten für sich und Ihren Sohn bereitet?«

Jetzt wäre er beinahe in Tränen ausgebrochen, nicht vor Kummer, sondern vor Erschöpfung.

»Ich weiß überhaupt nichts«, entgegnete er. »Ich verstehe nicht einmal Ihre Frage.«

»Haben Sie ein Foto von ihm?«

Es fehlte nicht viel, und er hätte sich verraten, doch dann stieß er ein erbittertes ›Nein!‹ aus, fest entschlossen, diesmal auf der Hut zu sein. Das war eine glatte

Lüge. In einer Schublade befand sich ein dickes Album mit Aufnahmen von Ben. Das durften sie um keinen Preis erfahren.

»Sie müssen unbedingt etwas essen.«

»Ja, vielleicht.«

»Sollen wir Ihnen ein Sandwich machen?«

Das tat er lieber selber, und sie fotografierten ihn noch einmal vor dem offenen Kühlschrank.

»Weiß man denn immer noch nicht, wo er ist?« fragte Dave zaghaft, immer auf dem Sprung, sich in sein Schneckenhaus zurückzuziehen.

»Haben Sie nicht Radio gehört?«

Er schämte sich, diese Unterlassung zuzugeben, als würde er damit eingestehen, seine Vaterpflichten versäumt zu haben.

»Inzwischen mißtraut die Polizei den zahlreichen Anrufen, die sie erhält, denn man will den blauen Oldsmobile an fünf oder sechs Orten gleichzeitig gesehen haben. Manche geben an, sie hätten den Wagen vor einer Stunde in Larrisburg, Pennsylvania, gesichtet, was bedeuten würde, daß sie kehrt gemacht haben. Dann wieder behauptet ein Gastwirt in Union Bridge, Virginia, daß er ihnen, bevor ihre Beschreibung im Radio durchgegeben wurde, das Mittagessen serviert habe. Er nennt sogar das Gericht, das sie bestellten: Garnelen und gebratenes Hähnchen.«

Dave mußte alle Kräfte aufbieten, um unbeteiligt dreinzuschauen, denn Garnelen und Hähnchen waren Bens Leibspeise. Im Restaurant hatte er nie etwas anderes gegessen.

»Er hat wohl Ihre Pistole mitgenommen?«

Er verwahrte sich dagegen, heilfroh über den Themawechsel.

»Ich habe nie eine Waffe besessen.«

»Wußten Sie, daß er eine hatte?«

Sie machten sich Notizen. Galloway würgte im Stehen sein Sandwich hinunter und sein Glas Milch.

»Nein, nur Kinderpistolen. Er war ein sehr sanftmütiger Junge.«

Das alles ertrug er für Ben. Er wollte verhindern, daß die Zeitungen über ihn herfielen. Deshalb zeigte er sich den Reportern gegenüber geduldig, tat sein Bestes, um ihnen gefällig zu sein.

»Hat er viel mit Pistolen gespielt?«

»Nicht mehr als andere Kinder auch.«

»Bis zu welchem Alter?«

»Ich weiß nicht, vielleicht bis zwölf.«

»Und dann, womit spielte er dann?«

Er war unfähig, sich auf Anhieb zu erinnern, und er schämte sich seiner Vergeßlichkeit. Müßte er nicht alles, was seinen Sohn anging, im Gedächtnis behalten? Zu dieser Zeit spielte er doch mit Leidenschaft Fußball. Oder? Nein. Für diesen Sport begeisterte er sich erst ein ganzes Jahr später. Dazwischen kam etwas anderes.

»Tiere!« entfuhr es ihm plötzlich.

»Was für Tiere?«

»Alle möglichen. Er züchtete weiße Mäuse, brachte junge Kaninchen nach Hause, die er irgendwo fand und die ein paar Tage später verendeten . . .«

Das schien sie nicht zu interessieren.

»Als er seine Mutter verlor, war er wohl noch sehr klein?«

»Dazu möchte ich mich lieber nicht äußern.«

»Sehen Sie, Mister Galloway, wenn wir nicht darauf zu sprechen kommen, dann werden andere es tun. In einer Stunde treffen sicher unsere Kollegen ein. Das, womit Sie hinter dem Berg halten, werden sie anderweitig in Erfahrung bringen.«

Sie hatten recht. Es war besser, mitzumachen.

»Sie ist nicht verstorben.«

»Geschieden?«

Ihm war, als würde er nun ein Stückchen seines persönlichsten Bereichs preisgeben, als er mit tonloser Stimme sagte:

»Sie hat mich verlassen.«

»Wie alt war der Junge damals?«

»Sechs Monate. Aber es wäre mir wirklich lieber...«

»Keine Sorge, wir sind taktvoll.«

Sie taten ihre Arbeit, das sah Dave ein, und er war ihnen nicht böse. Wie jedermann hatte er solche Zeitungsberichte gelesen, doch nie war ihm in den Sinn gekommen, sich an die Stelle der Leute zu versetzen, deren Schicksale dort beschrieben wurden. Diese Dinge spielten sich doch auf einem anderen Stern ab.

»Wußten Sie, daß er mit Lillian Hawkins verkehrte?«

Er verneinte, und das entsprach der Wahrheit.

»Kannten Sie sie?«

»Vom Sehen. Sie kam zwei- oder dreimal in meinen Laden.«

»Ich darf wohl annehmen, daß Sie sich sehr gut mit Ihrem Sohn verstanden?«

Was sollte er darauf antworten? Er bejahte. Er war davon überzeugt. Jedenfalls hatte er bis zur vergangenen Nacht keinen Augenblick daran gezweifelt, und auch jetzt mochte er sich nicht davon abbringen lassen. Einer der Journalisten, ein großer, hagerer Mensch, der eher wie ein junger Harvard-Professor wirkte, sah ihn unentwegt an, und es war Dave peinlich, seinem Blick ausgeliefert zu sein. Er hatte ihm noch keine Fragen gestellt, doch jetzt sagte er:

»Im Grunde waren Sie für Ihren Sohn zugleich Vater und Mutter.«

»Ich tat mein Bestes.«

»Haben Sie nie erwogen, wieder zu heiraten, um dem Kind ein normales Familienleben zu bieten?«

Dave errötete, er spürte förmlich, wie ihm das Blut ins Gesicht schoß, was ihn zur Verzweiflung brachte. Er stammelte, ohne sich lang zu besinnen:

»Nein.«

Der Journalist aber, der von einem bestimmten Gedanken besessen schien, sprach unbarmherzig weiter:

»Waren Sie eifersüchtig?«

»Eifersüchtig?« sprach er ihm nach.

»Wenn er Sie um die Erlaubnis gebeten hätte, Lillian Hawkins zu heiraten, wie hätten Sie dann reagiert?«

»Ich weiß nicht.«

»Wären Sie einverstanden gewesen?«

»Ich glaube schon.«

»Ohne weiteres?«

Sein Kollege, der dicke Mensch, der als erster in seine Wohnung getreten war, versetzte ihm einen Rippenstoß, worauf er einen Rückzieher machte.

»Verzeihen Sie bitte, wenn ich Ihnen zu nahe getreten bin, aber sehen Sie, der menschliche Aspekt interessiert mich ganz besonders.«

Die Mannschaft von Everton mußte ein Home-run geschafft haben, denn das Publikum jubelte minutenlang.

»Wie haben Sie eigentlich das Vorgefallene erfahren?«

»Durch die Polizei. Zuerst versuchten sie, mich anzurufen. Das Telefon befindet sich aber unten im Laden.«

Was diese Dinge betraf, so wollte er ihnen gern genaue Auskunft geben. Dabei entspannte er sich. Er erklärte ihnen mit unnötiger Ausführlichkeit, wie er um das ganze Gebäude herumgehen mußte, um in sein Geschäft zu gelangen, wie zwei uniformierte Polizisten dem Wagen entstiegen waren, an seinem Schaufenster nach seinem Namen Ausschau gehalten und dann ihr Notizbuch gezückt hatten.

»Waren Sie denn völlig ahnungslos?«

Dann flüsterten sie miteinander. Nach einiger Zeit wandte sich der Fotograf wieder an Dave:

»Wäre es Ihnen recht, wenn ich in Ihrem Laden ein paar Aufnahmen von Ihnen mache?«

Um Bens willen erklärte er sich damit einverstanden. Er schämte sich ein wenig der Rolle, in die er sich von ihnen drängen ließ, aber er hätte einfach alles getan, um ihre Sympathie zu gewinnen.

Im Gänsemarsch stiegen sie die Treppe hinunter. Dave, der den Ladenschlüssel vergessen hatte, mußte wieder hinauflaufen, um ihn zu holen. Die verrauchte

Wohnung roch fremd, er vermochte die vertraute Atmosphäre nicht wiederzufinden.

Auf der Suche nach dem Schlüssel ließ er seine Augen über die Möbel schweifen, und in diesem Augenblick kam ihm zum Bewußtsein, daß ein ganzer Lebensabschnitt unwiderbringlich zu Ende war, daß, wie immer die Sache auch ausgehen mochte, die häusliche Gemeinschaft mit Ben nunmehr der Vergangenheit angehörte.

Das hier war nicht mehr sein, ihr Zuhause. Nichtssagend erschienen ihm die Gegenstände, und auch Bens Bett, auf dem Dave noch eben gelegen hatte, war nichts weiter als eine gewöhnliche Schlafstätte, auf der sich noch die Form eines Körpers abzeichnete.

Die Journalisten, die auf dem Hof warteten, unterhielten sich mit gedämpfter Stimme. Von ihm war die Rede. Er flößte ihnen Mitleid ein. Der junge Mann, der ein wenig wie ein Professor aussah, hatte ihm mit seinen Fragen unwillentlich weh getan, Wörter benutzt, die sich wie Widerhaken in sein Gehirn bohrten. Zweifellos wäre er allein daraufgekommen. Solche Gedanken waren ihm schon vor den Ereignissen der letzten Nacht durch den Kopf gegangen, aber er hatte sie anders formuliert. Sobald man die Wahrheit auf eine bestimmte Art ausdrückte, wurde sie widerlich, abstoßend wie Fotos von Frauen in gewissen Posen, die sich die jungen Leute unter der Bank zuschieben.

Von unten rief jemand:

»Haben Sie ihn gefunden?«

Er hielt den Schlüssel in der Hand. Er ging nach unten, dann machten sie sich gemeinsam auf den Weg.

»Ist das Ihre Garage?«

»Ja.«

»Mach später noch ein Foto davon, Dick. Wir bekommen sicher eine Doppelseite in der Mitte zugeteilt.«

Zwei Frauen saßen plaudernd im Gras, ringsherum spielten ihre Kinder. Sie blickten zu den Männern hinüber, die in den Uhrmacherladen traten. Die jüngere der beiden war schwanger.

»Wozu dienen diese Haken?«

»Tagsüber hänge ich die zu reparierenden Uhren daran auf. Es dauert mehrere Tage, bis eine Uhr wieder instandgesetzt ist.«

»Ist das hier Ihre Werkbank? Wo sind die Uhren?«

»Im Panzerschrank.«

Die Männer baten ihn, die Uhren aufzuhängen, seinen weißen Kittel überzuziehen und die schwarzumrandete Lupe in seine rechte Augenhöhle zu klemmen.

»Könnten Sie nicht ein Werkzeug in der Hand halten? ... Ja ... So ist's recht ... Halten Sie still ...«

Er tat, als würde er arbeiten.

»Warten Sie, ich mache noch eine Aufnahme.«

Er hätte jemanden gebraucht, der ihn unter seine Fittiche nahm, und unwillkürlich dachte er an seinen Vater. Ihm fehlte die Kraft, sich zur Wehr zu setzen. Er fügte sich so widerspruchslos ihren Anordnungen, daß sie sich manchmal verwundert anblickten.

Gestand man ihm denn das Recht zu, sich in seiner Wohnung einzuschließen und niemanden einzulassen? Doch vorhin war ihm gar nichts anderes übriggeblieben als aufzumachen, sonst hätten sie bestimmt den

Schlosser geholt oder die Türe aufgebrochen. Er hätte sich ja erhängt haben können!

»Ihr Sohn hatte doch sicher Fotos von dem jungen Mädchen!«

»Ich habe seine Sachen nicht durchsucht.«

»Werden Sie das denn nicht tun?«

»Ich denke gar nicht daran!«

Niemals hatte er Bens Brieftasche überprüft, nicht einmal dann, als – Ben war damals elf – ein Dollar in seiner Ladenkasse fehlte. Im übrigen zum ersten und einzigen Male. Er hatte die Sache seinem Sohn gegenüber beiläufig, in zwei kurzen Sätzen erwähnt, allerdings in bekümmertem Ton.

Seine Mutter aber hatte die Angewohnheit gehabt, in seinen Taschen und Schubladen zu wühlen, was er ihr nicht verzeihen konnte.

»Hat die Polizei noch keine Haussuchung vorgenommen?«

Er sah sie entsetzt an.

»Meinen Sie denn, daß sie das tun wird?«

»Sehr wahrscheinlich schon. Es wundert mich überhaupt, daß das nicht schon geschehen ist.«

Was lag im Grunde schon daran? Nach dem Tode seines Vaters hatte man einen Teil der Möbel in die Veranda gepfercht, die das ganze Haus umlief, den Rest auf dem Rasen abgestellt. Von weither waren Leute gekommen, um sie zu begutachten und in allen Winkeln herumzuschnüffeln. Die Versteigerung fand an einem Samstag statt. In der Pause gab es Limonade und heiße Würstchen. Alles wurde verscheuert, sogar die Rahmen, in denen noch Fotografien steckten.

Man hatte ihm nicht erlaubt, einen letzten Blick auf seinen aufgebahrten Vater zu werfen, um ihn nicht zu ängstigen, aber keinem war es in den Sinn gekommen, ihm den Anblick dieses Vernichtungswerkes zu ersparen.

Jetzt geschah im Grunde etwas ganz Ähnliches. Ihr Privatleben, ihre Gewohnheiten, ihr Tun und Treiben würde man nun an die Öffentlichkeit zerren.

Sie wußten freilich nicht, daß er, während sie ihn ausfragten und für den Fotografen posieren ließen, im Geiste bei Ben war und sie kaum wahrnahm. Den ganzen Nachmittag empfand er seine Netzhaut als einen Raster, auf dem sich die rote Erde Virginias abzeichnete, aber auch die hohen und majestätischen Bäume, deren Blattwerk in dunklerem Grün erglänzte als hier. Seine Gedanken aber kreisten um den blauen Wagen, der auf Nebenstraßen dahinraste.

Irgendwann müßten sie doch anhalten. Ob sie wohl das Risiko eingingen, die Nacht in einem Motel zu verbringen, oder würden sie das Auto irgendwo im Wald abstellen, um dort zu nächtigen?

Sie waren knapp bei Kasse. Als der Lieutenant am Morgen die zwölf oder vierzehn Dollar in Charles Ralstons Brieftasche erwähnte, hatte Dave unwillkürlich angefangen zu rechnen. Zusammen mit den achtunddreißig Dollar, die Lillian aus der Küche ihrer Eltern entwendet hatte, machte das etwa fünfzig Dollar. Selbst wenn Ben noch an die zehn besaß …

Sie mußten essen, mehrmals täglich tanken.

In diesem Augenblick sagte der Journalist, der ihm vorhin so verwirrende Fragen gestellt hatte:

»Sagen Sie mal, Mister Galloway, haben Sie schon erwogen, einen Appell an ihn zu richten?«

Er sah ihn verständnislos an.

»Ich bin ein Vertreter der Associated Press. Ihr Appell würde über Fernschreiber an sämtliche Zeitungen der Vereinigten Staaten gelangen, und ich bin sicher, daß alle ihn abdrucken. Ihr Sohn wiederum kauft interessehalber vermutlich die eine oder andere Zeitung, schon allein um zu wissen, wo man nach ihm sucht.«

Daves Zögern war ihm nicht entgangen, oder aber er dachte schon viel weiter, denn warum hätte er sonst hinzugefügt:

»Damit wäre ihm doch nur gedient, meinen Sie nicht auch?«

Galloway sah die Aufschrift unter den Fotos der gesuchten Verbrecher vor sich, die in den Postämtern aushingen: »Vorsicht – bewaffnet.«

Auch Ben hatte eine Pistole, so daß die Polizei, um kein Risiko einzugehen, das Feuer eröffnen würde.

Wollte der Reporter darauf hinaus? Sollte er seinem Sohn raten, sich zu ergeben?

»Gehen wir doch lieber in Ihre Wohnung.«

Er willigte sogleich ein, denn das Baseballspiel war zu Ende, und schon kamen die ersten Autos vorüber. Bald würde der Strom der Zuschauer wie nach einem Gottesdienst oder einer Filmvorführung durch den Ort ziehen. Die neue Möglichkeit, die man ihm eben in Aussicht gestellt hatte, schlug ihn so sehr in ihren Bann, daß er beinahe vergessen hätte, die Klinke abzuziehen.

Der dicke Reporter, der als erster bei ihm erschienen war, blieb unschlüssig in der Ecke stehen.

»Wie kommt man zu den Hawkins?«

»Nach der Garage biegen Sie links ab, und dann ist es der erste Weg rechts.«

Er war wohl der Meinung, er habe aus Galloway alles herausgeholt, was es herauszuholen gab, und machte sich davon, um Lillians Angehörige auszufragen. Der andere aber schien sich nicht für das Mädchen zu interessieren, sondern ausschließlich für Ben und seinen Vater. Er war zugleich kühl und verständnisvoll. Auch der Fotograf entfernte sich, um Aufnahmen von der Menschenmenge mit dem Uhrmacherladen im Hintergrund zu machen.

Als sie in die Wohnung traten, bemerkte der Vertreter der Associated Press sachlich:

»Die Polizei weiß genau wie Sie, wieviel Geld Ihr Sohn in der Tasche hatte. Die Benzinkosten lassen sich leicht ausrechnen. Morgen abend sind sie voraussichtlich völlig abgebrannt.«

»Hat der Lieutenant Ihnen diesbezüglich etwas gesagt?«

»Nein, nicht er. Ich weiß das vom FBI, der sich nun einschaltet, da sie mit einem gestohlenen Wagen verschiedene Staatsgrenzen passiert haben. Verzeihen Sie bitte ...«

»Schon gut.«

»Wenn Ihr Sohn in der Zeitung läse, daß Sie ihn inständig bitten, sich zu ergeben ...«

»Ich verstehe.«

»Überstürzen Sie nichts. Ich möchte nicht, daß Sie sich hinterher Vorwürfe machen. Bedenken Sie aber, daß für ihn nicht die geringste Hoffnung besteht, sich ins Ausland abzusetzen. Und selbst wenn es ihm glückt, nach Kanada oder Mexiko zu gelangen, würde er doch ausgeliefert werden.«

Der Journalist trat ans Fenster, den Blick unverwandt auf die Bäume und das Rasenstück gerichtet, wo die vom Sportplatz zurückgekehrten Kinder herumtollten.

Die Polizei würde zuerst schießen, davon war Dave überzeugt. Der Reporter versuchte nicht, ihn zu überrumpeln. Wahrscheinlich wußte er mehr über die Absichten des FBI, als er ihm sagen durfte.

Wie ein Schwindelanfall überkam ihn das Verlangen, mit Ben in Verbindung zu treten, nicht nur um zu verhindern, daß er von der Polizei erschossen wurde. Ohne einen bestimmten Grund, einfach aus einer Intuition heraus glaubte er nicht an diese Möglichkeit. Theoretisch war sie zwar durchaus denkbar, den Gesetzen der Logik zufolge schien sie beinahe unausweichlich, und doch hätte er seine Hand dafür ins Feuer legen mögen, daß es nicht so kommen würde.

Es war einfach unvorstellbar, daß er Ben nicht lebend wiedersehen sollte.

Sein Besucher wandte ihm immer noch den Rücken zu, als wollte er vermeiden, ihn zu beeinflussen. Dave holte sein Taschentuch hervor, wischte sich den Schweiß von der Stirn und von den Handflächen. Zweimal setzte er zum Sprechen an, bis er endlich hervorbrachte:

»Ich werde es tun.«

Bei dem Gedanken, daß er jetzt mit Ben Kontakt aufnehmen würde, begannen ihm die Finger zu zittern.

5

Es kamen weitere Journalisten, fünf an der Zahl, wie ihm schien, jeder begleitet von einem Fotografen. Einer hatte sogar seine Frau mitgebracht, die unten in einem Kabriolett wartete. Aus unerfindlichen Gründen waren mehr als fünf Autos, teilweise mit dem Namen ihrer Zeitung beschriftet, kreuz und quer vor dem Haus geparkt. Andauernd polterten Leute die Treppe hinauf und hinunter. Die Wohnungstür wurde kaum noch geschlossen. Einer der Fotografen, den der Zigarettenqualm bei der Arbeit behinderte, riß das Fenster auf. In der Zugluft bauschten sich die Vorhänge, die Blätter der Notizblöcke wurden hochgewirbelt. In allen Ecken redeten, gestikulierten und rauchten sie.

Sie stellten fast ausnahmslos die gleichen Fragen. Dave antwortete mechanisch, versuchte nicht einmal mehr nachzudenken, denn er hatte das Gefühl, daß es überhaupt nicht mehr darauf ankam, was er sagte. Seine Knie zitterten vor Erschöpfung, aber er mochte sich nicht setzen. Die Leute umdrängten ihn, und er wandte sich bald dem einen, bald dem anderen zu.

Draußen promenierten Gruppen von Passanten auf dem Bürgersteig gegenüber, der den Rasen säumte: Paare, die Arm in Arm dahinschritten, Familien mit Kindern, die vor den Erwachsenen herliefen oder die man mitzerrte. Alle hoben den Kopf, versuchten durch das Fenster zu spähen, manche verweilten sogar eine Zeitlang vor dem Haus. Die Jugendlichen aber, die sich sonst gegenüber von Mack versammelten, standen jetzt um die Pressefahrzeuge herum.

Zweimal erblickte Dave in der Ferne einen der beiden uniformierten Polizisten, die ihn am Morgen aufgesucht hatten. Es war derjenige, der im Ort geblieben war. Er wirkte sehr beschäftigt.

Ohne dessen gewahr zu werden, rauchte Dave eine Zigarette nach der anderen, schon deshalb, weil die Leute, die ihn ausfragten, ihm andauernd welche anboten. Kein Mensch hielt mehr Ausschau nach einem Aschenbecher, man warf die Stummel einfach auf den Fußboden und trat sie mit dem Absatz aus.

Als es sechs Uhr schlug, hatte sich der Himmel bezogen. Es wurde schwül, als wäre ein Gewitter im Anzug. Windböen brausten durch das Laub der Bäume gegenüber.

Schließlich aber verschwand einer nach dem anderen. Alle begaben sich irgendwann einmal zu den Hawkins, wo sie vermutlich dieselbe Unordnung anrichteten. Manche eilten ins ›Old Barn‹, um ihren Artikel durchzutelefonieren.

Als Galloway schon meinte, endlich allein zu sein, und sich in seinen Sessel fallen ließ, klopfte es wiederum an seine Tür. Er machte auf und sah sich einem Mann gegenüber, der einen offensichtlich sehr schweren Koffer trug.

»Sind sie denn alle schon weg?« wunderte er sich.

Er stellte seinen Koffer ab, wischte sich den Schweiß vom Gesicht.

»Ich vertrete die größte Radiostation der USA. Eben hat man uns für die Nachrichtensendung Ihren Appell an Ihren Sohn übermittelt. Da kamen wir auf die Idee, meine Vorgesetzten und ich, daß Ihre eigene Stimme eine noch stärkere Wirkung auf Ihren Sohn haben könnte.«

Was Dave für einen Koffer gehalten hatte, entpuppte sich als ein Tonbandgerät, das der Mann nun auf einem der Tische aufbaute. Er hielt nach einer Steckdose Ausschau.

»Darf ich kurz das Fenster schließen?«

Es war gar nicht so einfach gewesen, den Appell an seinen Sohn zu redigieren, und genau wie Ruth vor fünfzehneinhalb Jahren hatte er mehrere Entwürfe angefertigt und sie wieder zerrissen. Zu diesem Zeitpunkt war er mit dem Journalisten, der einem Professor gleichsah, allein in der Wohnung gewesen. Während Dave schrieb, hatte er sich diskret im Hintergrund gehalten und in keiner Weise versucht, ihn zu beeinflussen.

Alle Formeln, die er zu Papier brachte, schienen ihm untauglich, um den Kontakt zu seinem Sohn herzustellen.

›Dein Vater bittet dich ...‹

Das ging nicht. Er wußte zwar genau, was er sagen wollte, aber es fehlten ihm einfach die Worte. Da er und sein Sohn immer zusammengewesen waren, hatte sich nie die Gelegenheit ergeben, einander zu schreiben, außer hie und da einen Zettel, den der eine oder andere auf dem Küchentisch zurückließ: ›Bin in einer Stunde zurück. Warte nicht mit dem Essen auf mich, im Kühlschrank ist kalter Aufschnitt.‹

Wenn es jetzt nur auch so einfach wäre!

›Ich beschwöre dich, Ben‹ schrieb er dann.

Mochten sich die Leute doch über ihn lustig machen, sein Verhalten unbegreiflich finden! Dieser Appell richtete sich ausschließlich an seinen Sohn.

›Ich beschwöre dich, Ben, ergib dich.‹

Er wollte das Blatt schon dem Journalisten hinreichen, doch dann besann er sich anders und kritzelte noch schnell: ›Ich bin dir nicht böse.‹

Er unterschrieb mit ›Dad‹.

Der Vertreter der Associated Press überlas den Zettel, sah dann Galloway ins Gesicht, der kein Auge von ihm ließ und auf eine Kritik gefaßt war:

»Kann ich das so sagen?«

Er gewärtigte, daß der Journalist den zweiten Satz streichen würde. Doch dieser faltete mit geradezu feierlicher Bedächtigkeit das Blatt zusammen und schob es in seine Brieftasche.

»O ja, das können Sie sehr wohl.«

Seine Stimme zitterte ein wenig, und er drückte ihm zum Abschied die Hand.

Jetzt fragte Dave den Radioreporter:

»Soll ich dasselbe sagen, was in der Zeitung steht?«

»Das oder etwas anderes, wie Sie wollen.«

Er schaltete das Gerät ein, tippte an das Mikrofon, begann mit der Gewandtheit des professionellen Rundfunksprechers zu reden:

»Meine Damen und Herren, wir unterbrechen für einen Augenblick unsere Sendung, um Mister Galloway Gelegenheit zu geben, von seiner Wohnung in Everton aus über das Radio an seinen Sohn zu appellieren. Wie Sie alle, verehrte Zuhörer, wünschen wir ihm von Herzen, daß dieser Appell den Jungen erreicht.«

Er hielt Dave das Mikrofon hin, bedeutete ihm, daß er jetzt sprechen sollte.

»Hier ist Dad, Ben ...«

Doch in diesem Moment kamen ihm die Tränen. Das Mikrofon verschwamm vor seinen Augen. Er bekam gerade noch mit, daß der Reporter ihn durch ein Zeichen aufforderte, weiterzureden.

»Es ist besser, dich zu ergeben ... Ja ... Ich glaube wirklich, daß es besser ist. Ich bin immer für dich da, was auch geschehen mag ...«

Seine Stimme versagte, mit Mühe und Not brachte er den Schlußsatz hervor:

»Ich bin dir nicht böse ...«

Der Reporter schaltete das Gerät ab.

»Sehr gut. Ausgezeichnet. Soll ich das Band noch einmal abspielen?«

Er schüttelte den Kopf. Im blauen Oldsmobile war ein Radio. Sehr wahrscheinlich hörten Ben und Lillian sämtliche Nachrichtensendungen.

»Um wieviel Uhr wird es durchgegeben?« Er mußte seinen ganzen Mut zusammennehmen, um seinem Besucher, der sich schon zur Tür wandte, diese Frage zu stellen.

»Wahrscheinlich im Laufe der Neunuhrnachrichten.«

Nicht um seine eigene Stimme zu vernehmen, wollte er die Sendung hören, sondern um zu dieser Stunde in Gedanken bei seinem Sohn zu sein.

Bevor er sich setzte, öffnete er das Fenster. Der

Menschenauflauf unten, das Interesse, das er im Ort und im ganzen Land erregte, all das ließ ihn jetzt gleichgültig.

Um halb acht hingen die schwarzen Wolken so tief, daß er das Licht einschaltete. In diesem Moment meldete sich ein weiterer Besucher, ein Beamter des FBI in Zivil, ein Mann von höchstens dreißig Jahren, der ihm irgendwie bekannt vorkam.

»Es tut mir sehr leid, Sie nach dem harten Tag, den Sie hinter sich haben, behelligen zu müssen, aber ich kann Ihnen versichern, Mister Galloway, daß ich Sie nicht stören würde, wenn es sich hätte vermeiden lassen.«

Er reichte ihm ein offizielles Schreiben, auf das Dave nur einen kurzen Blick warf. Es war ein Haussuchungsbefehl.

»Ich möchte die Sachen Ihres Sohnes durchsehen. Das Zimmer hier links ist wohl das seine?«

Dave fragte nicht, was er suchte, doch konnte er sich denken, daß sein Besucher sich vor allem für Papiere, Briefe und Schulhefte interessierte.

»Ich möchte Sie auch bitten, mir nachher eine möglichst vollständige Liste von den Freunden Ihres Sohnes aufzustellen, auch von denen, die nicht mehr hier wohnen. Haben Sie im Süden und Westen Verwandte, Mister Galloway?«

»Nur ein paar Tanten in Virginia ... wenn sie überhaupt noch am Leben sind. Als Sechsjähriger habe ich sie zum letztenmal gesehen und nie mehr etwas von ihnen gehört.«

»Sind Sie mit Ihrem Sohn nie im Mittleren Westen gewesen?«

»Nein, nur auf Cape Cod und in New York.«

»Sehen Sie, es kommt selten vor, daß jemand einfach ins Blaue hinein fährt, ohne ein bestimmtes Ziel anzusteuern. Wenn wir dieses Ziel kennen würden, hätten wir einen Anhaltspunkt, der uns die Suche erleichterte.«

Er redete mit ihm, als habe er die Gewißheit, daß Dave auf ihrer Seite stand.

»Daß man sich für einen bestimmten Ort entscheidet, kann von höchst verschiedenartigen Eindrücken herrühren, von einer Lektüre, einem Film, mitunter hat einen auch das Gespräch mit einem Freund darauf gebracht.«

Außer den Standardwerken für die Schule hatte Ben nur wenig Bücher. Seine Bibliothek bestand aus zwei kleinen Regalen, in denen sich vor allem Bildbände über Tiere befanden, für die er vier Jahre zuvor plötzlich lebhaftes Interesse bekundet hatte.

Warum nur drängte es Dave, als müsse er einer Anklage zuvorkommen, sich im günstigsten Licht zeigen, dem Polizisten zu sagen:

»Wissen Sie, hier hat er sich die Waffe nicht beschaffen können. Ich habe nie eine besessen.«

Heute morgen hatte er eine ähnliche Erklärung abgeben. Er wiederholte sich.

»Wir haben schon herausgefunden, woher die Pistole stammt.«

Während er in den Büchern blätterte, klärte der Beamte ihn auf:

»Sie kennen doch Doktor Van Horn?«

»Sehr gut sogar. Er ist unser Hausarzt. Jahrelang kam

sein Sohn Jimmy zu uns, und die beiden Buben spielten hier in diesem Zimmer.«

Das lag schon lange zurück. Ben ging damals noch nicht auf die High-School. Jimmy Van Horn, als Kind ein kleines, mageres, ungemein quirliges Bürschchen, war vor zwei Jahren plötzlich in die Höhe geschossen, und jetzt überragte er alle seine Kameraden um einen halben Kopf. Seine Körpergröße und sein tiefes Organ – er kam sehr spät in den Stimmbruch – schienen ihm noch zu schaffen zu machen.

»Haben Sie ihn in letzter Zeit gesehen?«

»Bei uns ist er nicht gewesen, wenn Sie das meinen, aber Ben hat ihn bestimmt oft getroffen.«

»Vor etwa zwölf Jahren, als Doktor Van Horn noch in Albany lebte und nachts oft in die Vororte gerufen wurde, hat er sich eine Pistole angeschafft. Diese Waffe, die halb vergessen in einer Schublade lag, hat Jimmy Ihrem Sohn für fünf Dollar verkauft, wie er heute nachmittag einem Polizeibeamten gestand. Die Sache trug sich vor vierzehn Tagen zu.«

Dave enthielt sich jeden Kommentars. Die Van Horns galten als sehr vermögend, sie bewohnten das schönste Haus in Everton, inmitten eines Parks. Die Töchter besaßen ihr eigenes Pferd. Mrs. Van Horn hatte eine chemische Fabrik geerbt, deren Firmenzeichen von der Ost- bis zur Westküste bekannt war.

»Haben Sie diese Broschüre gekauft?«

Der Beamte wies auf einen Almanach, den er noch nie gesehen hatte. Er enthielt ein Kapitel mit dem Titel ›Informations‹. Dort wurden die Präsidenten der Vereinigten Staaten aufgeführt, die Bevölkerungszahl der

Großstädte, alle möglichen Statistiken sowie die in den einzelnen Staaten geltenden Geschwindigkeitsbeschränkungen.

Der Beamte blätterte weiter und stieß beinahe sofort, als hätte er nur danach Ausschau gehalten, auf zwei mit Bleistift eingetragene Kreuze.

Diese Seite war in mehrere Kolonnen unterteilt. In der ersten Spalte standen die Namen der amerikanischen Staaten in alphabetischer Reihenfolge, in der zweiten und dritten war das Mindestalter für eine Heiratserlaubnis verzeichnet, zuerst für männliche, dann für weibliche Personen, und in der letzten die erforderliche Frist.

»Ich sehe mich gezwungen, diese Broschüre mitzunehmen.«

»Darf ich schnell einen Blick darauf werfen?«

Ben hatte die Staaten Illinois und Mississippi angekreuzt. In Illinois durften junge Männer frühestens mit achtzehn, junge Mädchen mit sechzehn heiraten, in Mississippi schon mit vierzehn und zwölf. In keinem der beiden Staaten war eine Frist vorgesehen, so daß man nur einen beliebigen Friedensrichter aufzusuchen brauchte, der sofort die Trauung vornehmen konnte. Ben sah aus, als wäre er schon achtzehn.

»Ich glaube, die Namensliste, um die ich Sie vorhin gebeten habe, erübrigt sich jetzt. Hier steht alles, was ich wissen muß.«

»Meinen Sie denn, daß sie in einen der beiden Staaten fahren? Es wäre doch viel einfacher gewesen ...«

Er sprach den Satz nicht zu Ende. Es stand ihm nicht an, den Ahnungslosen zu spielen.

Er nahm einen neuen Anlauf: »Ich bin sicher, daß er uns erklären kann...«

Sein Gegenüber sah ihn betreten an, als hätte er eben etwas Ungeheuerliches gesagt.

»Sie sollten versuchen, sich auszuruhen, Mister Galloway. Es kommt noch ein schwerer Tag auf Sie zu.«

Auch er reichte ihm zum Abschied die Hand. Am liebsten hätte Dave ihn gebeten, bei ihm zu bleiben, denn plötzlich graute ihm vor dem Alleinsein. Er fand sich nicht mehr zurecht in dieser Wohnung, in die so viele Leute eingedrungen waren und die ihn nun kaum mehr anheimelte als ein Wartesaal im Bahnhofsgebäude. Selbst die Lampen verbreiteten heute ein armseliges Licht.

Hätte er sich vor der Haussuchung nicht vergewissern sollen, daß sich nichts in Bens Zimmer befand, was ihnen eine Spur liefern konnte? Ihn beschlich das Gefühl, daß er sich in seiner Einfalt hatte verleiten lassen, seinem Sohn zu schaden, und ihn verlangte danach, ihn um Verzeihung zu bitten. Wer weiß, vielleicht war es auch ein Fehler gewesen, in der Zeitung und durch das Radio einen Appell an ihn zu richten. Am Ende meinten die Leute noch, er habe damit seine Gesetzestreue dokumentieren wollen.

Wenn nur Ben nicht auf solche Gedanken kam! Er selbst hatte bislang eine derartige Möglichkeit nicht in Betracht gezogen. Jetzt aber drängte sich diese Vorstellung mit aller Macht auf, und er machte sich Vorwürfe. Wie gern hätte er den Appell rückgängig gemacht, den er für die Zeitung verfaßt und dann in aller Unschuld vor dem Tonbandgerät verlesen hatte.

Nein, so verhielt es sich nicht! Er versuchte keineswegs, sich lieb Kind zu machen, sich vor der Verantwortung zu drücken. Ben, das war doch er selbst, und er hätte sich ohne weiteres bereit erklärt, an seiner Stelle vor Gericht zu stehen und die Strafe zu verbüßen.

Würde Ben denn wissen, was er mit den Worten meinte: »Ich bin dir nicht böse«?

In der Eile hatte er keine bessere Formulierung gefunden. Sie war ihm einfach über die Lippen gekommen. Erst jetzt wurde ihm klar, daß man sie auch als eine Anschuldigung verstehen konnte.

Er beschuldigte niemanden, versuchte auch nichts zu erklären. Das konnte warten.

Ben war sein Sohn, und Ben konnte nicht über Nacht ein anderer geworden sein. Selbst wenn er sich vorstellte, wie Charles Ralston tot am Straßenrand lag, wenn er sich die Szene ausmalte, die sich in seinem Auto abgespielt hatte, verspürte er keinen Zorn auf seinen Sohn, nur Entsetzen, wie es eine Naturkatastrophe auslöst.

Denken strengte ihn an. Gern hätte er die Rädchen in seinem Gehirn abgestellt, so wie man ein Uhrwerk zum Stehen bringt. Draußen regnete es immer heftiger, aber es donnerte nicht und auch keine Blitze waren zu sehen. Dave irrte in der Wohnung umher, seine Gedanken drehten sich im Kreise. Es war erst Viertel nach acht, und sein Appell würde nicht vor neun Uhr durchgegeben.

Er schickte sich schon an, die Wohnung zu verlassen und barhäuptig in den Regen zu gehen, um Kühlung zu finden, als er zu seiner Erleichterung Schritte im Treppenhaus vernahm.

Jemand erklomm die Stufen auf leisen Sohlen, blieb an der Tür stehen, ohne anzuklopfen, ohne einen Ton zu sagen. Dave harrte gespannt auf das, was nun kommen würde.

Es verging mindestens eine Minute, bis er ein leises Rascheln auf dem Fußboden hörte und ein Blatt Papier unter der Tür erschien. Das Ganze mutete ihn so seltsam an, daß er es erst nach längerem Zögern aufhob.

Mit einem dicken Bleistift, wie ihn die Schreiner verwenden, stand darauf geschrieben:

»Wenn Sie mich nicht sehen wollen, dann machen Sie nicht auf. Ich hinterlege ein Päckchen an der Tür. Frank.«

Das war Musaks Vorname, bei dem ihn kein Mensch im Ort nannte. Dieser schwieg weiterhin, und als Dave die Tür öffnete, gewahrte er im Halbdunkel seinen Freund, der ein Paket in der Hand hielt.

»Es konnte ja sein, daß Sie niemanden sehen wollten oder schliefen.«

»Kommen Sie herein, Musak.«

Er war der erste heute, der sich die Füße an der Matte abstreifte. Zu Galloways Verwunderung nahm er sogar die Mütze ab, was, soweit er zurückdenken konnte, noch nie vorgekommen war.

Obwohl sie sich jetzt schon so viele Jahre kannten und jeden Samstag zusammen Tricktrack spielten, hatte Musak ihn nie in seiner Wohnung aufgesucht. Wenn er etwas mit seinem Freund besprechen wollte, schaute er in seinem Laden vorbei.

»Das schien mir für heute das Richtige«, sagte er, während er eine Flasche Schnaps aus dem Papier wikkelte.

David hatte ihm einmal gesagt, er würde wegen Ben keinen Alkohol im Haus lagern, schon um ihm ein gutes Beispiel zu geben und ihn nicht in Versuchung zu bringen.

»Wenn Sie mich los sein wollen, dann sagen Sie es ruhig.«

Hier wirkte er noch breitschultriger und ungeschlachter als in seinem eigenen Haus, und doch bewegte er sich lautlos, ohne Luft aufzuwirbeln, als befände er sich in einem Krankenzimmer. Er ging in die Küche, holte Gläser aus dem Einbauschrank, fand auch die Eiswürfel.

»Haben Sie gegessen?«

Dave nickte.

»Was?«

»Ein Sandwich.«

»Wann?«

»Ich weiß nicht mehr. Das Baseballspiel war noch im Gange.«

Ja, er hatte ein Sandwich in der Hand gehabt, als die Schreie und Jubelrufe vom Sportplatz ertönten.

Musak reichte ihm ein Glas, das er nicht zurückzuweisen wagte.

Seine Stimme klang bärbeißig wie immer, wenn er auch leiser sprach als sonst. Er trat wieder in die Küche, öffnete zum zweitenmal den Eisschrank, wo er zwei große Steaks vorfand.

Samstags pflegte Dave zwei dicke Lendenstücke für

das sonntägliche Mittagsmahl zu kaufen, das Ben und er gemeinsam einnahmen. Zehn Jahre lang hatten sie es so gehalten. Beim Anblick des Fleisches auf seinem Teller kam ihm erst zum Bewußtsein, daß er am gestrigen Samstag gegen zehn Uhr morgens, wie schon so oft, seinen Laden geschlossen hatte, um im First National Store seine Einkäufe zu tätigen.

Das Schild an seiner Tür trug die Aufschrift: ›Bin in einer Viertelstunde zurück.‹

Gegen fünf Uhr nachmittags, als er gerade an einer Damenarmbanduhr arbeitete, trat Ben ins Geschäft. Obwohl Dave ihm den Rücken zukehrte, wußte er, daß es sein Sohn war, dessen Art, die Tür zu öffnen, er sofort erkannte.

»Macht es dir nichts aus, wenn ich zum Abendessen nicht nach Hause komme, Dad?«

Dave wandte sich nicht um, beugte sich weiterhin über das Räderwerk der Uhr, die Lupe am rechten Auge. Vermutlich hatte er geantwortet:

»Komm nicht zu spät heim.«

Das sagte er immer.

»Gehst du zu Musak?« wollte Ben wissen.

Er hatte keinen Verdacht geschöpft. Stellte sein Sohn nicht auch an anderen Samstagen diese Frage?

»Ja. Um halb zwölf bin ich zurück.«

»Einen schönen Abend, Dad.«

Unvermittelt schreckte Dave aus seinen Gedanken hoch:

»Musak!«

»Was ist?«

»Ich kann nichts essen.«

Das Steak brutzelte auf dem Herd weiter.

»Sie haben mir nahegelegt, über das Radio einen Appell an ihn zu richten, daß er sich ergeben soll.«

Der Schreiner warf ihm durch die offene Küchentür einen eigentümlichen Blick zu und sagte nur:

»Ja.«

»Ich habe es getan. Sie haben den Appell aufgenommen.«

Musak schwieg.

»Jetzt frage ich mich, ob das richtig war.«

Es regnete in Strömen. Die Regentropfen trommelten auf das Dach. Er schloß das Fenster, denn auf dem Fußboden hatte sich schon eine kleine Wasserlache gebildet.

»Ich hatte Angst, sie würden ihn erschießen.«

»Setzen Sie sich hierher.«

Musak hatte eine Serviette unter seinen Teller gebreitet, da er nicht wußte, wo die Tischdecken eingeräumt wurden. Er nahm Galloway gegenüber Platz und blickte ihn mit aufgestützten Ellbogen unverwandt an, als sei sein Freund ein Kind, das jetzt endlich essen sollte.

»Ich habe den ganzen Nachmittag Radio gehört«, brummte er.

»Was melden Sie denn?«

»Jede Stunde sagen sie ungefähr dieselben Sätze. Jetzt heißt es, das Auto fahre in Richtung Chicago. Manche behaupten aber, sie hätten es in South Carolina gesehen.«

Ohne es selbst zu bemerken, begann Dave zu essen. Musak schenkte sich ein zweites Glas Schnaps ein.

»Ein Inspektor der staatlichen Polizei hat den lieben langen Tag die Leute hier ausgefragt. Er war auch bei mir.«

»Um nachzuprüfen, ob wir den gestrigen Abend wirklich zusammen verbracht haben?«

»Ja. Außerdem haben sich zwei Journalisten im ›Old Barn‹ einquartiert.«

Er war sich dessen nicht bewußt, aber zum erstenmal entspannte er sich an diesem Tag. Musaks Gegenwart beruhigte ihn, es tat ihm wohl, seine Stimme zu hören, in sein derbes vertrautes Gesicht zu sehen.

»Sie essen doch ein Stück Apfelkuchen? Ich habe welchen im Eisschrank entdeckt.«

Apfelkuchen war ein fester Bestandteil des Sonntagsmenüs.

»Und Sie?«

»Ich habe schon zu Abend gegessen.«

Er entzündete nun seine Pfeife, die er mit einem Stück Draht geflickt hatte. Als der herbe Tabakgeruch durch den Raum zog, war es Dave einen Augenblick lang, als befände er sich im gelben Haus am Ende der Allee.

»Wollen Sie die Neunuhrnachrichten hören?«

Galloway nickte. Musak blickte auf seine alte silberne Uhr, die nie hatte repariert werden müssen.

»Wir haben noch Zeit, genau zwölf Minuten.«

Galloway wollte das Geschirr in die Küche bringen, doch Musak ließ das nicht zu.

»Das kann warten.«

Er wies auf seinen Sessel, als wäre er mit seinen Gewohnheiten vertraut.

»Ein Täßchen Kaffee?«

Ohne die Antwort abzuwarten, verschwand der Hüne in der Küche, wo er auf leisen Sohlen wirkte, ohne daß man Geschirr klappern hörte.

Dave sah auf die Uhr. Je näher der Moment rückte, desto unruhiger wurde er. Um fünf Minuten vor neun holte er das Radio aus Bens Zimmer, steckte den Stekker in eine der Steckdosen des Wohnzimmers, schaltete es ein, damit der Apparat schon warm wurde.

Musak hatte auch für sich Kaffee gekocht. Sie hörten das Ende einer Symphonie. Es folgte ein Werbespot, dann kamen die Nachrichten.

Von Ben war noch nicht die Rede, vielmehr von einer Erklärung des Präsidenten bezüglich der Zolltarife, dann von einem Grenzgeplänkel zwischen dem Libanon und Palästina.

Der Sprecher redete abgehackt, in rasendem Tempo, wechselte übergangslos das Thema.

»Meldungen aus dem Inland: Die Polizei von sechs Staaten fahndet in Zusammenarbeit mit dem FBI weiterhin nach dem sechzehnjährigen Mörder Ben Galloway. Dieser hat am Samstagabend in Begleitung seiner Freundin, die erst fünfzehneinhalb ist, im Lieferwagen seines Vaters den Ort Everton im Staat New York verlassen. Nachdem er Charles Ralston, vierundfünfzig Jahre alt, wohnhaft in Long Eddy, durch einen Pistolenschuß in der Nähe der Staatsgrenze getötet hat, bemächtigte sich das Pärchen des blauen Oldsmobiles, in dem das Opfer unterwegs war, und fuhr in südwestlicher Richtung davon.«

Die beiden Männer saßen regungslos da und vermieden es, einander anzusehen. Wider Erwarten verspürte Dave keine sonderliche Gemütsbewegung, vielmehr stieg Ungeduld in ihm hoch, als gehe das solchermaßen berichtete Geschehen weder ihn noch seinen Sohn etwas an.

»Der Wagen mit dem Nummernschild des Staates New York wurde erst in Pennsylvania, dann in Virginia und letzten Meldungen zufolge in Ohio gesehen. Dennoch läßt sich die von den Flüchtigen eingeschlagene Route nicht ohne weiteres bestimmen, da die bei der Polizei eingegangenen Berichte widersprüchlich sind.«

»Und nun, meine Damen und Herren, unterbrechen wir kurz unsere Sendung, um einen Appell von Mister Dave Galloway an seinen Sohn durchzugeben.«

Das war die Stimme des Reporters, der ihn vorhin aufgesucht hatte, aber Galloway schien es doch, als sei der Text ein wenig abgeändert worden.

Es trat Stille ein, dann vernahm man ein undefinierbares Rauschen und Knacken, schließlich dröhnten seine Sätze aus dem Apparat, die sich ausnahmen, als hätte er sie in einer riesigen, leeren Kathedrale gesprochen. Die Wörter erkannte er zwar wieder, aber plötzlich schämte er sich ihrer.

»Hier ist Dad, Ben... Es ist besser, dich zu ergeben... Ja... Ich glaube wirklich, daß es besser ist. Ich bin immer für dich da, was immer auch geschehen mag...« Man hörte, wie er Luft holte, schien bei jemandem die Erlaubnis einzuholen, weiterzusprechen: »Ich bin dir nicht böse.«

»Und nun, meine Damen und Herren, hören Sie den Wetterbericht, ausgegeben...«

Dave schaltete das Radio aus. Musak schwieg. Auch Galloway mochte nicht sprechen. Er wünschte sich sehnlichst, daß Ben das Radio nicht eingeschaltet hatte.

Wenn er irgendwo auf der Straße, den Blick auf die Scheinwerferkegel gerichtet, seine Worte hörte, drehte er dann nicht sogleich das Radio ab?

»Ich habe gemeint...« begann Dave.

Ja, er hatte gemeint, das Richtige zu tun, sich eingebildet, daß er auf diese Weise mit Ben Kontakt aufnähme. Allen war er zuvorkommend begegnet, hatte ihre Fragen beantwortet, ihre Zigaretten geraucht.

Er hatte seinen Sohn verraten, das wurde ihm erst jetzt klar.

Jeder mußte doch meinen, er wolle Abbitte leisten, ihnen nach Kräften behilflich sein.

Ob Musak wohl begriff, was in ihm vorging? Schweigend trank er seinen Schnaps und wischte sich den Mund ab. Da ertönte ein so heftiger Donnerschlag, daß man hätte glauben können, der Blitz habe in einen Baum gegenüber dem Haus oder in den Turm der katholischen Kirche eingeschlagen. Es folgte aber kein zweiter. Einige Minuten prasselte ein starker Regenguß auf das Dach, verursachte einen Heidenlärm. Urplötzlich, als wäre Hexerei im Spiel, hörte er auf, und es wurde still.

Der Kopf sank ihm auf die Brust, aber trotz seiner Erschöpfung schlief er nicht, ja er döste nicht einmal, sondern machte sich weiterhin Vorwürfe. Als Musak sich erhob, verharrte er in dieser Stellung, auch das Rauschen des Wassers in der Küche ließ ihn nicht aufblicken.

Die Polizei von sechs Staaten.

Da waren zwei Kinder in einem Wagen unterwegs, ängstigten sich bei jedem Fahrzeug, das sie überholte oder ihnen entgegenkam, hielten im nächtlichen Dunkel ständig nach einer Straßensperre Ausschau, die unvermittelt vor ihnen auftauchen konnte.

Der Beamte des FBI hatte die Broschüre mitgenommen, in der Ben die Staaten Illinois und Mississippi angekreuzt hatte.

Stand ihnen ein festes Ziel vor Augen, wie sie da auf gut Glück, immer einer Falle gewärtig, durch die Nacht rasten? Nahmen sie diese irre Fahrt nur deshalb auf sich, um, sobald sie eine bestimmte Grenze passiert hätten, zu einem Friedensrichter zu eilen und ihn, noch völlig außer Atem, anzuflehen: »Trauen Sie uns!«

Wenn sie nicht allzu große Umwege gemacht hatten, konnten sie noch in dieser Nacht Illinois erreichen, ja vielleicht waren sie schon dort. Warum sollten sie nicht in einem abgelegenen Ort einen alten Richter wecken, der den ganzen Tag keine Nachrichten gehört hatte?

Ob auch in den Ebenen des Mittleren Westens Gewitter niedergingen? Er warf sich vor, die Wetterberichte versäumt zu haben. Voller Unruhe harrte er auf den Augenblick, da Musak wieder ihm gegenüber Platz nehmen und seine schlimmen Gedanken vertreiben würde. Es war, als sei er selber unterwegs, er vermeinte geradezu, das monotone Ticken der Scheibenwischer zu hören, die die Sekunden zu zählen schienen.

Die Polizei von sechs Staaten ... Und dazu noch der FBI.

Er stand unvermittelt auf, um sich ein Glas Schnaps

einzuschenken, starrte auf das Radio und rechnete aus, daß es noch fünfunddreißig Minuten bis zu den Zehnuhrnachrichten waren. Er hatte das sichere Gefühl, daß er diesmal etwas Neues erfahren würde.

»Sie hätten nicht abspülen sollen, Musak.«

Dieser zuckte die Achseln, goß sich sein Glas voll und ließ sich in einen Sessel fallen.

»Sie wissen ja, ich gehe, sobald Sie es wünschen.«

Dave schüttelte den Kopf. Er wünschte das ganz und gar nicht. Er wagte sich nicht vorzustellen, was für einen Abend er durchlitten hätte, wenn Musak in seiner unaufdringlichen Art nicht den Zettel unter der Tür durchgeschoben hätte.

»Die Leute ahnen ja gar nicht, können nicht ahnen...« murmelte Galloway, als spräche er mit sich selbst.

Im selben Ton brummelte Musak:

»Als meine Tochter mich verließ, habe ich eineinhalb Jahre lang nichts mehr von ihr gehört.«

Zum ersten Mal spielte er heute auf sein Privatleben an, sicher nur, um seinen Freund zu trösten.

»Schließlich erhielt ich ein Schreiben von der Verwaltung eines Krankenhauses in Baltimore, wo sie völlig abgebrannt gelandet war und ein Kind zur Welt bringen sollte.«

»Was haben Sie da gemacht?«

»Ich bin hingefahren. Sie wollte mich nicht sehen. Ich habe im Sekretariat Geld für sie hinterlegt und fuhr wieder nach Hause.«

Mehr sagte er nicht, und Dave wagte ihn nicht zu fragen, ob er sie später wiedergesehen hatte, ja nicht einmal, ob sie die Tochter in Kalifornien war, die ihm von Zeit zu Zeit schrieb und ihm Schnappschüsse von ihren Kindern schickte.

»Ich frage mich, was in ihren Köpfen vor sich geht...«

Immer noch waren seine Gedanken bei dem Pärchen im Wagen.

»In jedem Menschen geht etwas anderes vor«, seufzte Musak.

Er verfiel in Schweigen, und man vernahm nur noch die Zischlaute, mit denen die Luft seiner Pfeife entwich. Nach einer Weile sagte er:

»Jeder meint, er habe recht.«

Galloway blickte auf seine Armbanduhr. Er konnte die nächste Nachrichtensendung kaum erwarten.

»Sie sollten sich hinsetzen.«

»Ich weiß. Fast den ganzen Tag bin ich herumgestanden. Ich kann einfach nicht anders.«

Sobald er sich setzte, begannen seine Beine zu zittern und ein nervöses Angstgefühl stieg in seinem Körper auf. Unvermittelt sagte er:

»Doktor Van Horn hat die Sache sicher auch sehr mitgenommen.«

Er erklärte sich nicht näher, obwohl er an Musaks verständnisloser Miene ablas, daß dieser nichts vom Verkauf der Pistole wußte.

»In Kürze hören Sie unsere nächste Nachrichtensendung.«

Zuerst kam wieder ein Werbespot.

»Eben erhielten wir die Meldung, daß Ben Galloway, der sechzehnjährige Mörder, an den der Vater in unserer letzten Sendung einen Appell richtete (sie hielten den Atem an), sich mit seiner Gefährtin ungefähr zu dem Zeitpunkt, als dieser Appell durchgegeben wurde, in Bronston, an der Grenze zwischen Indiana und Illinois, zum Friedensrichter begeben und ihn aufgefordert hat, sie auf der Stelle zu trauen. Der Richter, der kurz vorher zufällig die Beschreibung des Paares im Radio gehört hatte, verließ unter dem Vorwand, die nötigen Formulare zu holen, das Zimmer und rief die Polizei an.

Während er telefonierte, ohne den Sheriff zu erreichen, hörte er draußen einen Motor anspringen. Offenbar hatten die jungen Leute seine Absicht erraten und das Weite gesucht.

Wie dem auch sei, nun können sich die Fahnder auf einen begrenzten Sektor konzentrieren. Man weiß auch, daß der blaue Oldsmobile innerhalb von vierundzwanzig Stunden eine weitaus größere Strecke zurücklegte, als man bisher annahm, und daß Ben Galloway beinahe ununterbrochen am Steuer saß.

Die Polizei von Illinois überwacht alle Verkehrsknotenpunkte, und die Verhaftung der Flüchtigen scheint unmittelbar bevorzustehen.«

Ob Musak etwas bemerkt hatte? Einen winzigen Augenblick lang stahl sich ein kaum angedeutetes Lächeln auf Galloways Lippen. Weder Befriedigung noch Ironie waren darin zu lesen, überhaupt nichts Bestimmtes.

Er spürte nur, daß er seinem Sohn dort unten nahe war.

Er schloß die Augen, um dieses Gefühl noch einmal

heraufzubeschwören, aber wie eine leichte Brise hatte es sich schon wieder verflüchtigt.

Es blieben nur zwei Männer in ihren Sesseln zurück.

6

Diese Nacht glich ein wenig einer nächtlichen Eisenbahnfahrt, wo man vor sich hindöst, dann in unruhigen Schlaf versinkt, dabei jedoch ständig das rhythmische Rattern der Räder wahrnimmt, die Einfahrt in die Bahnhöfe, wo der Zug unter kräftigem Ausstoßen des Dampfes zum Stehen kommt, ein Bahnarbeiter, in einer Hand die Laterne, mit dem Hammer die Achsen beklopft, während wildfremde Stimmen über die Bahnsteige hinweg einander anrufen.

Als Musak ihn an der Schulter faßte, wußte er sehr wohl, daß er in seinem Sessel saß und nicht in seinem Bett lag, daß jetzt gleich die mitternächtliche Nachrichtensendung begann. Es hätte ihn interessiert, ob Musak auch eingenickt war, er wagte aber nicht, ihn danach zu fragen. Er rieb sich die Augen, stellte fest, daß die Schnapsflasche zur Hälfte geleert war. Die Röhren des Radioapparates wurden bereits warm, Stimmen begannen zu summen, schwollen dann zu solcher Lautstärke an, daß sie das Gerät leiser drehen mußten.

Es war das Ende eines Hörspiels. Eine Frau und ein Mann beschlossen, es noch einmal mit einem Leben zu zweit zu versuchen. Den Werbespot bekam Dave gar nicht mit.

»Meine Damen und Herren, wie wir Ihnen vor

einer Viertelstunde in einer Sondermeldung mitteilten...«

Weder Musak noch er hatten mit Sondermeldungen gerechnet und sich damit begnügt, jede Stunde Nachrichten zu hören.

»...die Fahndung nach dem sechzehnjährigen Ben Galloway, die seit ungefähr vierundzwanzig Stunden im Gange ist, kam heute nacht kurz vor elf Uhr endlich zum Abschluß. Das flüchtige Paar wurde in Indiana, wo es mit vorgehaltener Pistole bei Farmern Einlaß erzwungen hatte, von der Polizei festgenommen. Es wurden von beiden Seiten Schüsse abgefeuert, wobei ein Sergeant eine Verwundung an der Hüfte davontrug. Ben Galloway und seine Gefährtin, beide unverletzt, wurden nach Indianapolis gebracht. Das weitere finden Sie in Ihrer Zeitung von morgen.«

Ein wenig mochte sich Musak über die Reaktion seines Freundes schon wundern. Galloway stieß einen tiefen Seufzer aus, als wäre ihm ein Stein vom Herzen gefallen. Mit einem Male löste sich seine nervöse Spannung. Er erhob sich, rieb sich die Augen, blickte mit angewidertem Gesichtsausdruck umher, als könnte er gar nicht mehr verstehen, wie er seit heute morgen in dieser Atmosphäre hatte versacken können.

Jetzt war es vorbei. Er brauchte nicht mehr zu warten, wie auf glühenden Kohlen zu sitzen. Sein erster Gedanke war, daß er vor dem Aufbruch ein Bad nehmen und sich rasieren mußte, denn er dünstete bestimmt alten Schweiß aus.

»Ich gehe hinunter in den Laden, um den Flughafen anzurufen«, teilte er Musak mit.

Dazu bedurfte es keiner langen Überlegung. Er würde Ben sehen, mit ihm reden. Ben würde ihm alles erklären, ihm die ganze Wahrheit sagen, denn sein Sohn hatte ihn noch nie angelogen, dessen war er sich sicher.

Es ging ihm gegen den Strich, daß Musak mitkam. Er brauchte jetzt keinen Menschen mehr. Alles war nunmehr ganz einfach. Er würde mit dem ersten Flugzeug nach Indianapolis fliegen und Ben sehen.

Im Laden griff Musak sogleich nach dem Hörer und sagte:

»Besser, ich telefoniere.«

Er vermochte den Grund nicht einzusehen. Dann fiel sein Blick auf die leeren Haken, und zum erstenmal kam ihm der Gedanke, daß er mehrere Tage wegbleiben würde, daß sicher manche Kunden ihre Uhren abholen wollten. Er konnte ihnen nicht helfen. Sie mußten sich halt damit abfinden.

»Um wieviel Uhr, sagten Sie, Fräulein?... Sechs Uhr siebzehn?... Können Sie bitte einen Platz auf den Namen Musak reservieren... Frank Musak...«

Jetzt begriff Dave, warum sein Freund darauf bestanden hatte, an seiner Statt anzurufen: um ihm zu ersparen, daß Journalisten und Fotografen am Flughafen nochmals über ihn herfielen.

»Ich danke Ihnen... Nein... Kein Rückflug...«

Musak fragte ihn nicht nach seiner Meinung. Kurze Zeit darauf befanden sie sich im Freien. Der Mond war aufgegangen. Die tiefhängenden Wolken, dunkel in der Mitte, silbrig an den Rändern, schwammen wie auf einem stillen Wasser dahin. Zwei oder drei Minuten lang standen sie schweigend auf dem Bürgersteig, wo die Regenpfützen allmählich trockneten, und lauschten auf die Stille.

»Jetzt können wir ebensogut mein Auto holen.«

Das schien ihm vernünftig. Sein Lieferwagen befand sich ja noch bei der Polizei. Musak wollte ihn nach La Guardia bringen. Er hatte nichts dagegen einzuwenden. Die beiden Männer schritten auf der menschenleeren Main Street dahin. Nur im ›Old Barn‹, wo die Journalisten die Nacht verbrachten, brannte noch Licht.

Als sie in die Allee einbogen, stieg ihnen der Duft des regennassen Rasens in die Nase.

»Ich hole schon mal das Auto«, sagte Musak und wandte sich zu seiner Garage.

Ben konnte sich jetzt sicher auch entspannen. Wenn man ihn nur schlafen ließ! Von klein auf hatte er viel Schlaf gebraucht. Es dauerte immer eine ganze Weile, bis er morgens, wenn Dave ihn weckte, richtig wach wurde. Es kam sogar vor, daß er, wenn er auf bloßen Füßen ins Badezimmer ging, sich am Türstock anstieß, weil er seine Augen noch nicht offenhalten konnte.

Er gab dann nur unwirsche Antworten. Erst nach dem Bad, wenn er am Frühstückstisch saß, taute er wieder auf.

Zum erstenmal stieg Galloway in Musaks Auto, in dem derselbe Geruch hing wie im Haus seines Freundes.

»Von hier bis La Guardia brauchen wir knappe zwei Stunden. Rechnen wir eine halbe Stunde für Ihre Toilette und einen kleinen Imbiß, so bleiben Ihnen ungefähr drei Stunden Schlaf.«

Er hätte gern widersprochen, aber die Augen fielen ihm zu, sein Kopf wurde ihm schwer. Um ein Haar wäre er im Wagen eingeschlafen.

Musak hatte doch nicht etwa vor, in Bens Bett zu nächtigen? Das könnte er nicht ertragen. Aber als sie in seine Wohnung gelangten, machte Musak keinerlei Anstalten, seine Kleider abzulegen, vielmehr setzte er sich bequem auf dem Sofa zurecht, als wollte er die ganze Nacht dort verbringen.

Dave entkleidete sich nebenan, kam im Schlafanzug, was ihm peinlich war, ins Wohnzimmer zurück.

»Bitte wecken Sie mich spätetens um Viertel nach drei.«

»Um halb vier genügt«, entgegnete Musak, der vorsichtshalber den Wecker stellte. »Schlafen Sie jetzt.«

Zwei Minuten später lag Dave in tiefem Schlummer, aber er hätte schwören mögen, daß er sich die ganze Zeit der Gegenwart seines Freundes bewußt war, der sich ein Buch geholt hatte, seine Pfeife rauchte und Schnaps trank. Er vergaß auch keinen Augenblick lang, daß sein Flugzeug um sechs Uhr siebzehn in La Guardia startete und daß die Flugkarte auf den Namen Musak ausgestellt war. Zwei- oder dreimal warf er sich herum, als müsse er sich mit seinem ganzen Gewicht in die Matratze pressen. Als Musak ihn an der Schulter berührte, setzte er sich augenblicklich auf. Er hatte den Wecker nicht klingeln hören. In der Wohnung duftete es nach frisch gekochtem Kaffee.

»Gehen Sie schon ins Bad.«

So früh war er noch nie aufgestanden, außer wenn er seinen kranken Sohn zu versorgen hatte. Einmal, als er an einer schlimmen Angina litt, mußte er ihm alle zwei Stunden ein Medikament einflößen. In jener Nacht – es war schon gegen Morgen – war der Junge hochgefahren, hatte seinen Vater verstört angestarrt und geschrien:

»Was willst du denn schon wieder?«

»Es ist Zeit für deine Tablette, Ben.«

Er schien ihn nicht zu hören, nicht zu verstehen. Mit zusammengezogenen Brauen, gerunzelter Stirn und zornfunkelnden Augen blickte er seinem Vater ins Gesicht, als sähe er ihn zum erstenmal.

»Laß mich doch endlich in Frieden«, stöhnte er mit der belegten Stimme des Fieberkranken.

Dave konnte sich des Gefühls nicht erwehren, daß er seinem Sohn Widerwillen einflößte. Ben hatte seine Tablette geschluckt, war wieder eingeschlafen. Als sein Vater am nächsten Morgen auf den nächtlichen Zwischenfall zu sprechen kam, schien er sich nicht mehr daran zu erinnern. Doch Galloway wurde den Gedanken nie ganz los, daß sein Sohn sehr wohl bei vollem Bewußtsein gewesen war. Er vermied es, daran zu denken. Solche Dinge waren drei- oder viermal vorgekommen, doch daran rührte er lieber nicht.

Er war eben überempfindlich, registrierte mit ängstlicher Sorge jede Mißstimmung, die er an seinem Sohn wahrzunehmen glaubte. Alle Kinder und übrigens auch die Erwachsenen haben manchmal schlechte Laune und lassen ihren Ärger an den anderen aus.

Der altvertraute Geruch des brutzelnden Specks

drang bis ins Badezimmer. Dave rasierte sich sorgfältig, zog seinen besten Anzug an, als sei das jetzt von Bedeutung. Ben legte Wert darauf, daß sein Vater gut gekleidet war. Während der ersten Jahre in Everton hatte Dave stahlgraue Kittel bei der Arbeit getragen. Der Grund, warum er sich plötzlich für ungebleichtes Leinen entschieden hatte, war eine Bemerkung seines Sohnes gewesen:

»Du siehst aus wie ein kranker alter Mann.«

Da hatte er ihn an einem wunden Punkt getroffen. Alt wollte er seinem Sohn um keinen Preis erscheinen. In seiner Gegenwart behandelte er sogar seine Kunden weniger liebenswürdig, nur um nicht unterwürfig zu wirken.

»Nicht mehr so müde?«

»Sie haben sich viel Arbeit gemacht«, sagte Dave, als sein Blick auf den gedeckten Tisch fiel, wo bereits die große Platte mit Speck und Spiegeleiern stand und Brotscheiben im Toaster rösteten.

Musak hatte das gern getan, das wußte er wohl, genauso gern, wie er seinen Sohn umsorgte.

Im Ort war noch kein Laut zu hören, und als der Motor ansprang, war ihnen der Lärm, den sie verursachten, beinahe peinlich.

»Waren Sie schon einmal in Indianapolis?« fragte Musak, als sie die Überlandstraße erreichten.

»Nein, noch nie.«

»Ich schon.«

Dann verfiel er in Schweigen, während Galloway vor sich hin döste, zog gedankenlos an seiner erloschenen Pfeife, so daß das vertraute Zischen ertönte. Sie kamen eine halbe Stunde zu früh in La Guardia an. An den Zeitungskiosken hingen Schlagzeilen aus:

Mit sechzehn schon ein Mörder.

Da gestern Sonntag war, hatte die Presse noch nicht von den Ereignissen der Nacht berichten können. Galloway betrachtete stirnrunzelnd ein Foto seines Sohns, den er kaum wiedererkannte. An diese Aufnahme vermochte er sich überhaupt nicht zu erinnern. Ben, der mit hochgezogenem Mundwinkel in die Kamera blickte, sah jünger aus. Er mußte ganz nahe herantreten, um herauszufinden, daß das Foto aus einer Gruppenaufnahme seiner Schulklasse stammte. Sehr wahrscheinlich hatten es die Journalisten von einem seiner Kameraden bekommen.

Auch von Lillian war ein Foto abgebildet, auf dem sie wie eine Zwölfjährige wirkte.

Einer der Untertitel lautete: »Nach vierundzwanzigstündiger Menschenjagd kommt es in einer Farm des Staates Indiana zu einer Schießerei.«

Er kaufte drei verschiedene Zeitungen. Musak ließ ihn gewähren, schien es aber nicht zu billigen. Im Mittelteil war ein Foto von ihm selbst abgebildet. Er stand an Bens Bett, von dem aber nur ein Ausschnitt zu sehen war. Ein anderes Bild zeigte ihn in dem Augenblick, als er sich in seinem Laden den Anschein gab zu arbeiten.

Alles kam ihm grau und trübselig vor. Die Leute auf den Bänken schliefen oder starrten finster vor sich hin. Ein junges Paar küßte sich. Die Frau weinte und klammerte sich an ihren Partner, als würden sie für immer auseinandergehen.

Sein Flug wurde ausgerufen. Er wandte sich zum Flugsteig, dessen Nummer durch den Lautsprecher bekanntgegeben wurde. Niemand schien auf ihn zu achten. Ein Angestellter der Fluggesellschaft verlas die Namen der Passagiere.

»Musak«, murmelte Dave, als er an ihm vorbeikam.

Er hatte dem Schreinermeister die Hand geschüttelt und gesagt:

»Ich danke Ihnen. Jetzt wird sich alles einrenken.«

Davon war er überzeugt. Er wartete, bis man die Sicherheitsgurte abschnallen durfte, bevor er sich in die Zeitungen vertiefte. Als erstes las er die letzten Absätze, wo die Ereignisse in der Farm geschildert wurden.

»Während die Polizei von Illinois an allen Straßenkreuzungen Sperren errichteten, machten die Flüchtigen kehrt und fuhren wieder nach Indiana. Ob Ben Galloway, der vierundzwanzig Stunden ununterbrochen am Steuer gesessen hatte, am Ende seiner Kräfte war, oder ob er nicht das Risiko eingehen wollte, den Wagen vollzutanken, das bleibt dahingestellt. Jedenfalls hielt das Auto wenig später an einer abgelegenen Farm, etwa zwanzig Meilen von der Staatsgrenze entfernt.

Es war etwa zehn Uhr abends. Der Farmer namens Hans Putman, ein Mann in den Fünfzigern, und seine Frau waren noch auf. Sie befanden sich beide in einem Raum des Erdgeschosses.

Als Putman auf Galloways Klopfen hin die Tür öffnete, richtete dieser sogleich seine Pistole auf ihn und rief dem jungen Mädchen zu:

›Schneide die Telefonleitung durch!‹

Er wirkte völlig erschöpft. Seine Hände zitterten vor Übermüdung.

›Geben Sie uns etwas zu essen. Niemand darf das Haus verlassen.‹

Doch inzwischen war Putmans Sohn, der sich in dem Moment, als das Auto vorfuhr, im ersten Stock aufhielt, schon durch eine Hintertür ins Freie gelangt und radelte zum nächsten Haus. Innerhalb von zehn Minuten konnte er den Sheriff verständigen, und kurz darauf trafen drei Streifenwagen aus verschiedenen Richtungen auf der Farm ein.«

Manche Passagiere lasen denselben Artikel wie er, hatten auch sein Foto gesehen, aber niemand schien ihn zu erkennen.

»Sobald das Haus umstellt war, drangen der Sheriff und einer seiner Leute durch die Tür ins Innere. Was dann geschah, ist noch nicht geklärt. Vermutlich versuchten Galloway und seine Gefährtin durch den Hof zu fliehen. Erst bei den Ermittlungen wird sich herausstellen, wer das Feuer eröffnete. Jedenfalls fielen Schüsse, und ein Polizist wurde an der Hüfte verletzt.

Schließlich legte der junge Mann seine Hände trichterartig an den Mund und schrie:

›Nicht mehr schießen! Ich ergebe mich.‹

Sein Magazin war leer.

Auf der Fahrt nach Jasonville, wo er dem FBI zum Weitertransport nach Indianapolis übergeben werden sollte, kam kein Wort der Reue über seine Lippen.

Er sagte nur: ›Ohne einen Jungen meines Alters hätten Sie mich nie geschnappt!‹ Gemeint war wohl der junge Putman, der ebenfalls sechzehn Jahre alt ist.

Kurz darauf schlief er ein, während seine Gefährtin mit weit geöffneten Augen neben ihm saß, als wollte sie über ihm wachen.«

Das entsprach sicher nicht ganz der Wahrheit, denn es ist unmöglich, das Verhalten eines Menschen haargenau wiederzugeben. Doch Bens Worte waren sicher authentisch:

Ohne einen Jungen meines Alters ...

Es mochte auch zutreffen, daß Lillian Hawkins während der Fahrt nicht geschlafen hatte, um über ihm zu wachen. Das aber wollte Galloway gar nicht gefallen, stimmte ihn verdrießlich. Ihm schwante, daß wegen dieses Mädchens die Dinge nicht so einfach sein würden, wie er sie sich vorgestellt hatte. Warum das so war, vermochte er nicht zu sagen.

Er nickte ein, schlief jedoch nicht so tief wie in seiner Wohnung, drei- oder viermal schreckte er hoch. Einmal fiel sein Blick auf eine Frau, die einen Säugling im Arm hielt und ihn eindringlich ansah. Auf dem Nebensitz lag eine aufgeschlagene Zeitung. Bestimmt hatte sie ihn erkannt. Er wandte die Augen nicht ab, ließ sie nur kurz und wie gedankenlos über das Kind schweifen. Die Frau schauderte zusammen, als gingen ihr weiß Gott was für Gedanken durch den Kopf, und sie drückte ihr Baby fester an sich.

Als seine Frau ihn verlassen hatte, war sein Sohn kaum älter als dieses Kind gewesen. Im Grunde hatte Galloway unter der Trennung von seiner Frau nicht gelitten, eigentlich von Anfang an damit gerechnet. Wer weiß? Nach dem Abebben der Erregung empfand er es gar als eine Erlösung, daß sie aus ihrer beider Leben verschwunden war.

Er dachte nicht gern an Ruth zurück, diesen ganzen Lebensabschnitt wollte er vergessen. Bis zum Alter von vierundzwanzig Jahren hatte er nie ans Heiraten gedacht. Sein Verkehr mit Frauen beschränkte sich auf das Notwendigste: er war schon über zwanzig Jahre alt, als er zum erstenmal mit einer Frau schlief.

Ruth arbeitete im selben Atelier wie er. Er wußte, daß sie sich fast jeden Abend mit einem der jungen Männer traf, sich in den Tavernen herumtrieb, wo sie nach zwei Gläsern Alkohol laut und ausfallend wurde.

Sie war noch keine zwanzig. Als Sechzehnjährige hatte sie ihre Eltern, die eine Farm in Ohio betrieben, verlassen, eine Zeitlang in New York gelebt, dann in Albany und vielleicht noch anderswo, bis es sie schließlich, der Himmel mochte wissen wie und warum, nach Waterbury verschlug.

Sie lebte in den Tag hinein, und das Gerede der Leute ließ sie völlig gleichgültig. Monatelang hatte er sie beobachtet. Er war davon überzeugt, daß sie ihn verächtlich fand, weil er nicht auf den Putz haute. Er fühlte sich zu ihr hingezogen, gleichzeitig flößte sie ihm Angst ein. Sie war eher ein Weibchen als eine Frau. Sie brauchte sich nur leicht in den Hüften zu wiegen, und schon verlor er den Boden unter den Füßen.

Eines Abends, als er sich nach der Arbeit zur Bushaltestelle begeben wollte, stand sie plötzlich auf dem Gehsteig neben ihm.

Nie vermochte er herauszufinden, ob sie damals auf ihn gewartet hatte.

»Fürchten Sie sich etwa vor mir?« redete sie ihn spöttisch an, so offenkundig war seine Verlegenheit.

Er verneinte. Sie hatte eine rauchige Stimme, trat ganz nahe an die Männer heran, mit denen sie sprach.

»Warten Sie auf jemanden?«

Sie lachte, als hätte er etwas sehr Drolliges gesagt. Er errötete und wollte sie schon stehenlassen. Noch jetzt fragte er sich, was ihn zurückgehalten hatte.

»Was finden Sie an mir denn so drollig?«

»Ihre Art, mich anzusehen.«

»Wollen wir zusammen zum Essen gehen?«

Schon lange hätte er sie gern dazu aufgefordert, fürchtete aber, eine abschlägige Antwort zu bekommen. Den ganzen Abend war ihm ihre dreiste Unverfrorenheit peinlich gewesen, schon im Restaurant, noch mehr aber in den zwei oder drei Nachtklubs, die er wohl oder übel mit ihr aufsuchen mußte und wo sie am Ende puren Whiskey trank.

In dieser Nacht hätte er mit ihr schlafen können. Als er sich an der Tür von ihr verabschiedete, war sie sprachlos. Am nächsten Tag ließ sie kein Auge von ihm, als müsse sie sein Wesen ergründen, er aber zeigte ihr die kalte Schulter.

Eine ganze Woche lang hatte er praktisch kein Wort an sie gerichtet, doch eines Abends sah er sie zu einem Kollegen ins Auto steigen, was ihm mindestens zwei Stunden seines Schlafs raubte. Am nächsten Tag fragte er sie:

»Sind Sie heute abend frei?«

»Da sieh mal an! Fangen Sie schon wieder damit an?«

Doch sein starrer Blick ging ihr durch Mark und Bein.

»Wenn Ihnen so viel daran liegt, dann warten Sie halt am Ausgang auf mich.«

Der Abend verlief genauso wie beim erstenmal. Er setzte eine finstere Miene auf und trank absichtlich mehr als sonst. Als sie schon an ihrer Tür standen, bekamen seine Augen wieder den starren, drohenden Blick, der sie schon am Morgen erschreckt hatte, und er stieß hervor:

»Wollen Sie mich heiraten?«

»Was? Ich?«

Sie lachte, dann wurde sie ernst, sah ihm aufmerksam ins Gesicht, und in ihren Zügen malte sich zugleich Verblüffung und Besorgnis.

»Was ist nur mit Ihnen los? Liegt's am Whiskey?«

»Sie wissen genau, was los ist.«

Das wußte sie allerdings.

»Darüber reden wir ein andermal«, murmelte sie und wandte sich zur Tür.

Er packte sie am Handgelenk.

»Nein. Noch heute abend.«

Sie bat ihn nicht in ihre Wohnung. Sie fürchtete sich wirklich vor ihm.

»Machen wir einen kleinen Weg.«

Zwei Stunden lang wanderten sie auf dem Bürgersteig umher, kamen immer wieder an denselben Laternen vorbei. Sie hakten sich nicht unter und blieben nie stehen, um sich zu küssen.

»Warum wollen Sie mich denn bloß heiraten?«

Mit bockigem Gesichtsausdruck erwiderte er:

»Darum!«

»Und wenn Sie's auch ohne das kriegen könnten?«

»Ich würde Sie trotzdem heiraten.«

»Sie sind gar nicht der Typ von einem Mann, der mit einer Frau wie mir zusammenleben kann.«

Warum nur mußte er im Halbschlaf, als er den Säugling in den Armen seiner Mutter sah, an Ruth denken? Jahrelang hatte er diese Erinnerung aus seinem Bewußtsein verdrängt.

»Meinen Sie denn, Sie werden mit mir glücklich?«

Er schwieg. Von Glück konnte doch gar nicht die Rede sein. Er vermochte seine Empfindungen nicht zu erklären. Im übrigen war das Ganze zu verwaschen, um sich in Worte kleiden zu lassen. Für ihn zählte nur eines: er hatte einen Entschluß gefaßt und würde sich daran halten.

»Geben Sie mir Ihr Jawort?«

»Warten Sie noch bis morgen.«

»Nein, ich will die Antwort sofort.«

Zwei Wochen darauf hatte er sie geheiratet, ohne vorher mit ihr geschlafen zu haben. Von einem Tag auf den anderen verbot er ihr zu arbeiten.

Sie war Bens Mutter. Zwanzig Monate darauf verließ sie ihn, ohne das Kind mitzunehmen. Das nahm er ihr nicht weiter übel. Nur während der ersten Nacht im leeren Haus stiegen bittere Gefühle in ihm auf, als hätte er eine Niederlage erlitten. Das Wissen darum saß tief in ihm. Diese Niederlage war unausweichlich, da das Ganze in seiner Vergangenheit, in seiner frühesten Kindheit wurzelte.

Das ging niemanden etwas an. Er würde keinen Gedanken mehr daran verschwenden. Ben war bei ihm, das allein zählte.

Viel später einmal, wenn sein Sohn ein erwachsener Mann wäre, könnten sie sich vielleicht einmal darüber aussprechen, und dann würde Dave ihm die Wahrheit sagen.

Die Möglichkeit, daß ihnen keine gemeinsame Zukunft vergönnt sein könnte, daß man seinem Sohn nicht die Zeit lassen würde, ein Mann zu werden, kam ihm nicht in den Sinn. Kaum in Indianapolis angekommen, wollte er sich sogleich in den Justizpalast begeben, ohne seinen Koffer in einem Hotel abzustellen. Er saß schon im Taxi, als er es sich doch noch anders überlegte.

»Bringen Sie mich erst zu irgendeinem Hotel!«

»In der Innenstadt?«

»Möglichst nahe beim Justizpalast.«

Nun, da er seinen Sohn in greifbarer Nähe wußte, überfiel ihn fieberhafte Unruhe. Sie kamen an einen riesigen Platz, der von großen Steinbauten gesäumt wurde. Er erkannte das Kapitol, in einiger Entfernung davon das Postamt mit dem auf weißen Säulen ruhenden Kapitell.

Der Taxifahrer hielt vor einem recht luxuriösen Hotel an.

»Warten Sie doch bitte, ich bin gleich wieder da.«

»Das hier ist schon der Justizpalast«, entgegnete der Chauffeur und wies auf eines der Gebäude am Platz.

Dave folgte dem Boy, der seinen Koffer trug, durch die Drehtür und trat sogleich an die Rezeption.

»Haben Sie telefonisch reserviert?«

»Nein. Ich möchte gern ein Zimmer.«

Der Empfangschef schob ihm einen Block mit Anmeldeformularen hin. Er trug sich unter seinem wahren Namen ein, den der Hotelangestellte von der anderen Seite entzifferte. Jetzt wußte er also, warum er hier war. Vielleicht fragte er ihn deshalb nicht, wie lange er bleiben wollte.

»Bring Mister Galloway auf Zimmer 62.«

Ihm stand der Sinn keineswegs danach, sich jetzt auf sein Zimmer zu begeben, er wagte aber nicht zu widersprechen. Nun, da er einmal oben war, wusch er sich Gesicht und Hände, kämmte sich auch.

Hoffentlich hatten sie Ben nicht gleich verhört, sondern ihn schlafen lassen. Erlaubten sie dort den Häftlingen, sich zu waschen und umzuziehen?

Als er durch die Halle ging, sahen ihm mehrere Leute nach.

Sollten sie doch, das berührte ihn jetzt nicht mehr.

Es war gegen zehn Uhr. Im Justizpalast herrschte reger Betrieb. Anwälte, Richter und Gerichtsdiener, Aktenstöße unter dem Arm, eilten geschäftig von einer Tür zur anderen. Mit einem Male fühlte er sich völlig verloren und wandte sich an einen der uniformierten Wächter am Eingang.

»Wissen Sie, ob Ben Galloway hier im Gerichtsgebäude ist?«

»Wie ist der Name?«

»Ben Galloway. Der...«

»Ach, der!«

Der Mann nahm Dave genauer in Augenschein. Er hatte wohl sein Foto in der Zeitung gesehen.

»Hier ist er nicht«, erwiderte er nun mit veränderter Stimme. »Soviel ich weiß, haben die Herren im Büro des Staatsanwaltes darüber diskutiert. Die Journalisten sind schon drei- oder viermal hier gewesen. Meiner Ansicht nach befindet er sich noch beim FBI, da würde ich an Ihrer Stelle hingehen.«

»Wo sind die Büros des FBI?«

»Im Federal Building, gleich nach dem Postamt. Sie wissen doch, wo die Post ist?«

»Ich bin daran vorbeigefahren.«

Einige Leute blieben stehen und blickten ihm nach. Einer machte schon Anstalten, ihn anzusprechen, überlegte es sich jedoch im letzten Moment noch anders. Zweifellos ein Beamter, vielleicht ein Mitarbeiter des Staatsanwaltes, möglicherweise auch ein Anwalt, der ihm seine Dienste anbieten wollte.

Er trat in strahlenden Sonnenschein. Es versprach ein heißer Tag zu werden. Die Frauen trugen helle Kleider und die meisten Männer schon Strohhüte. Er ging sehr schnell. In wenigen Minuten würde er alles wissen, vielleicht sogar Ben gegenüberstehen.

Das Federal Building war ein Bauwerk in lichten, freundlichen Farben. Die weitläufigen Gänge waren mit Marmorfliesen ausgelegt, und an den Mahagonitüren prangten kupferne Nummernschilder. Er gelangte an die Tür, die man ihm bezeichnet hatte, klopfte an. Es ertönte ein lautes »Herein!« und er sah sich einer schon älteren grauhaarigen Frau gegenüber, die an einer Schreibmaschine saß und einen Moment lang im Tippen innehielt.

»Sie wünschen?«

»Ich möchte meinen Sohn sehen. Ich bin Dave Galloway, Bens Vater.«

Er hatte sich einen ganz anderen Anfang zurechtgelegt, sich jedoch im letzten Augenblick entschieden, gleich zur Sache zu kommen. Er sah zwei Türen, die zu seiner Linken war nur angelehnt, die zu seiner Rechten geschlossen.

»Nehmen Sie bitte Platz.«

»Können Sie mir sagen, ob mein Sohn hier ist?«

Sie gab keine Antwort, hob statt dessen den Telefonhörer ab und sagte:

»Mister Galloway ist im Vorzimmer.«

Dann hielt sie die Hörmuschel ans Ohr und ließ nichts weiter vernehmen als »Ja ... in Ordnung ... verstanden ...«

Automatisch hatte er ihrer Aufforderung Folge geleistet und sich hingesetzt, sprang aber sogleich wieder hoch.

»Werde ich ihn sehen?«

»Der Inspektor ist im Augenblick beschäftigt. Er wird Sie in Kürze empfangen.«

»Sie dürfen mir wohl nicht sagen, ob mein Sohn hier ist? So ist es doch, oder?«

Sie begann wieder zu tippen und murmelte ausweichend:

»Ich habe diesbezüglich keine Instruktionen.«

Die heruntergelassenen Jalousien ließen regelmäßige Lichtstreifen einfallen, die auf die Wände und die Decke ein Linienmuster zeichneten. Leise summte der Ventilator.

Er hatte sich wieder hingesetzt, da man das wohl

von ihm erwartete, den Hut im Schoß, und blickte auf den Wagen der Schreibmaschine, dann auf den Sekundenzeiger der elektrischen Uhr, die in eines der Paneele eingelassen war.

Ein noch recht junger Mann trat aus dem Büro zu seiner Linken. Er hatte Papiere in der Hand, warf Dave einen kurzen Blick zu, runzelte die Brauen, sah ihm ein zweites Mal aufmerksamer ins Gesicht, während er die metallenen Schubladen eines Aktenschrankes aufzog. Nachdem er das Gesuchte gefunden und etwas auf ein Formular gekritzelt hatte, beugte er sich über die Sekretärin und redete leise auf sie ein.

Von Galloway war die Rede. Doch ihm selber sagte man nichts, und der Mann verschwand hinter der Tür, durch die er in den Raum getreten war.

Dave achtete genau auf jedes Geräusch. Doch er hörte nichts als das Ticken der Schreibmaschine, hie und da Schritte im weitläufigen Gang, ein leises Klopfen an einer Tür. Das Telefon schrillte, die Frau hob ab.

»Einen Augenblick. Bleiben Sie am Apparat.«

Sie drückte auf mehrere Knöpfe.

»Albany verlangt Sie.«

Beinahe wäre er wieder aufgesprungen. Albany, das bedeutete doch, daß es um Ben ging. Während er ohnmächtig in einem Vorzimmer wartete, wurde über das Schicksal seines Sohnes verhandelt.

Mit solchen Hindernissen hatte er nicht gerechnet, sondern erwartet, sofort nach seiner Ankunft zu Ben vorgelassen zu werden oder zumindest jemanden ausfindig zu machen, der ihm weiterhalf.

Eine halbe Stunde verging, die längste, die schrecklichste halbe Stunde seines Lebens. Noch zweimal klingelte das Telefon. Die Anrufer wurden mit dem geheimnisvollen Inspektor verbunden, der sich in seinem Büro vor allen Blicken verbarg. Einmal sagte die Frau nur:

»Der Gouverneur.«

Er sah ja ein, daß er nicht sofort vorgelassen wurde, aber man hätte ihm doch wenigstens sagen können, ob Ben sich hier befand oder nicht. Schließlich war er sein Vater. Er hatte ein Anrecht darauf, ihn zu sehen, mit ihm zu reden.

»So hören Sie doch...«

»Haben Sie noch ein wenig Geduld, Mister Galloway. Es dauert nicht mehr lange.«

Diese Frau wußte, was hier gespielt wurde. Er versuchte, etwas aus ihrem Gesichtsausdruck abzulesen, aber sie beachtete ihn überhaupt nicht, sondern tippte mit unglaublicher Geschwindigkeit weiter.

Einmal wurde ganz in der Nähe eine Tür zum Gang geöffnet, vielleicht gar die Tür nebenan. Sein Instinkt sagte ihm, daß er sofort hinausrennen und nachsehen sollte. Doch er brachte den Mut dazu nicht auf. Das Ganze hier überwältigte ihn, er fürchtete auch, sich den Ärger der grauhaarigen Dame zuzuziehen. Gleich darauf wurde die Türe rechterhand, die bislang geschlossen geblieben war, aufgestoßen. Im Türrahmen erschien ein Mann seines Alters und wandte sich ihm zu.

»Kommen Sie bitte herein, Mister Galloway.«

Auch hier waren die Jalousien heruntergelassen, und an den weißgetünchten Wänden tanzten dieselben

Lichtstreifen wie im Vorzimmer. Der Mann wies auf einen Stuhl, setzte sich selbst an einen riesigen metallenen Schreibtisch, auf dem das gerahmte Foto einer Frau mit zwei Kindern stand.

Dave öffnete schon den Mund, um die Frage zu stellen, auf deren Beantwortung er so sehnlich harrte. Doch sein Gegenüber kam ihm zuvor. Er sprach sachlich und kühl, dennoch schwang in seiner Stimme, so schien es Dave jedenfalls, Sympathie und Anteilnahme mit.

»Ich nehme an, Sie sind mit dem ersten Flugzeug gekommen.«

»Ja, ich ...«

»Sehen Sie, Sie hätten warten sollen, bis Sie von uns hören. Leider war Ihre Reise umsonst.«

Seine Glieder erstarrten.

»Ist denn mein Sohn nicht hier?«

»Er wird im Laufe des Tages nach New York überführt und von dort nach Liberty.«

Dave verstand nicht, worauf der Mann hinauswollte, sah ihm angestrengt ins Gesicht.

»Der im Staat New York verübte Mord ist gravierender als die Gewalttaten, die er sich hier hat zuschulden kommen lassen. Es mußte darüber befunden werden, ob Ihr Sohn erst in Indiana, wo er auf die Polizei geschossen und einen Beamten verwundet hat, vor Gericht gestellt werden soll oder ob das Verfahren sofort im Staat New York eingeleitet wird. Die Gouverneure der beiden Staaten haben sich heute morgen telefonisch über diese Frage geeinigt.«

»Ist er denn nicht mehr hier?« rief er entsetzt.

Der Mann blickte auf die Uhr, die der im Vorzimmer aufs Haar glich.

»Doch. Jetzt sind sie wohl gerade beim Essen.«

»Wo?«

»Tut mir leid, aber ich bin nicht befugt, Ihnen darüber Auskunft zu geben, Mister Galloway. Um jedes unnötige Aufsehen und eventuelle unerfreuliche Zwischenfälle zu vermeiden, haben wir sogar die Journalisten nicht davon in Kenntnis gesetzt, daß sie die Nacht hier verbrachten, so daß die Presseleute sich am Gefängniseingang postiert haben.«

»Hier in diesem Raum also war Ben?«

Er deutete mit dem Finger auf die vier Wände. Sein Gegenüber nickte.

»Er war noch da, als ich eintraf, nicht wahr?«

Wiederum nickte der Inspektor.

»Und man hat mich absichtlich im Vorzimmer warten lassen, damit ich ihn nicht zu sehen bekomme!« schrie er schließlich, völlig außer sich.

»Beruhigen Sie sich, Mister Galloway. Nicht ich habe die Begegnung mit Ihrem Sohn verhindert.«

»Wer dann?«

»Er hat sich geweigert, Sie zu sehen.«

7

Ich fürchte, Mister Galloway, daß wir allesamt von unseren eigenen Kindern am wenigsten wissen.«

Der Inspektor hatte nach seiner Pfeife gegriffen, die er nun mit großer Sorgfalt stopfte. Er heftete seinen Blick kurz auf die Fotografie vor sich, als wollte er damit dokumentieren, daß er sich selbst davon keineswegs ausnahm.

Dave wagte keinen Einwand, denn sein Leben lang hatte er eine instinktive Scheu vor allen Behörden empfunden. Im übrigen mochte die Bemerkung des Inspektors wohl auf manche Väter zutreffen, auf durchschnittliche Väter, aber für ihn galt sie nicht.

Wozu sollte er den Versuch unternehmen, einem fremden Menschen Einblick in ihr gemeinsames Leben zu gewähren, in ihr besonderes Verhältnis, das viel inniger war, als es zwischen Vater und Sohn üblich ist.

»Ich weiß nicht«, fuhr der Inspektor fort, der sich nun bequem zurücklehnte, »wie man weiter mit ihm verfahren wird. Unsere Aufgabe ist nunmehr beendet. Ich nehme an, daß sein Anwalt, wenn nicht gar der District Attorney in eigener Person, ein psychiatrisches Gutachten anfordern wird.«

Galloway unterdrückte ein Lächeln, so abwegig schien ihm die Vorstellung, daß Ben nicht ganz bei Verstand sein sollte. Wenn sein Sohn unzurechnungsfähig war, dann traf das auch auf ihn selbst zu, und im Laufe von dreiundvierzig Jahren hätte sich das doch bestimmt irgendwie bemerkbar gemacht.

»Er war von Mitternacht bis vor einigen Minuten bei mir im Büro, und ich muß gestehen, daß ich aus ihm nicht klug geworden bin.«

»Ben geht nicht so leicht aus sich heraus«, sagte Dave schnell.

Der Inspektor sah ihn verdutzt an.

»Also von Schüchternheit habe ich an ihm keine Spur bemerkt, wenn Sie das meinen sollten«, erwiderte er. »Ich habe selten jemanden gesehen, ganz gleich ob alt oder jung, der unter den gegebenen Umständen so selbstbewußt aufgetreten ist. Er wurde zusammen mit seiner kleinen Freundin in mein Büro gebracht. Die beiden machten den Eindruck, daß sie glücklich darüber waren, hier gelandet zu sein, als hätten sie trotz allem ihr Ziel erreicht. Kaum hatte man ihnen die Handschellen abgenommen, gingen sie aufeinander zu und faßten sich an der Hand.

Obwohl sie verdreckt und müde waren, leuchteten ihre Augen. Glückselig sahen sie sich an, als würden sie ein wundervolles Geheimnis miteinander teilen.

Als ich sie aufforderte, Platz zu nehmen, entgegnete Ihr Sohn in schnoddrigem Ton:

›Unterwegs haben wir schon lange genug gesessen!‹ Ich hätte wetten mögen, daß er feixte.

›Jetzt legen Sie wohl gleich die Daumenschraube an, wie?‹ griff er mich mit herausforderndem Lächeln an, das freilich ein wenig gezwungen wirkte. ›Wenn Sie ein Geständnis haben wollen, dann bitte sehr! Ich gestehe alles, den Mord an dem alten Knacker auf der Straße, den Autodiebstahl, die Bedrohung des Farmerehepaares mit vorgehaltener Waffe, die Schüsse auf die Polizei. Sonst hat man mir wohl nichts vorzuwerfen?‹

›Ein Verhör kommt jetzt nicht in Frage. Sie sind ja todmüde!‹ gab ich zur Antwort.

Darüber war er sehr aufgebracht, als hätte ich mir eine Verletzung der Spielregeln zuschulden kommen lassen.

›Diese Nacht halte ich noch durch, wenn es sein muß. Lillian können Sie gleich freilassen. Sie hat überhaupt nichts verbrochen. Sie wußte nicht einmal, was ich vorhatte. Ich habe ihr nur gesagt, daß wir nach Illinois oder Mississippi fahren würden, um dort zu heiraten. Sie hatte keine Ahnung, daß ich eine Waffe besaß.‹

Das Mädchen fiel ihm ins Wort:

›Das ist nicht wahr!‹

›Sie müssen mir glauben, Inspektor. Als wir aus der Farm rannten, flehte sie mich an, mich zu ergeben, ohne einen Schuß abzugeben.‹

›Er lügt. Wir haben alles gemeinsam getan. Der Friedensrichter in Illinois hat uns zwar nicht getraut, aber seit heute abend bin ich trotzdem seine Frau!‹«

Galloway zog sich in sein Schneckenhaus zurück, sein Gesicht war undurchdringlich.

»Ich fürchtete schon, sie würden zu streiten anfangen, und veranlaßte, daß sie sich zur Ruhe legten. Ihr Sohn schlief auf einem Feldbett im Büro nebenan, und Lillian Hawkins verbrachte die Nacht mit einer Wärterin in einem anderen Raum.

Das junge Mädchen hatte wohl sehr unruhige Träume. Der Junge dagegen schlief so friedlich wie in seinem eigenen Bett und war am Morgen kaum wach zu kriegen.«

»Er hatte schon immer einen tiefen Schlaf.«

»Ich hatte überhaupt nicht die Absicht, sie einem wirklichen Verhör zu unterziehen, denn das obliegt dem Staatsanwalt in Liberty, der Hauptstadt des Bezirks, wo das Verbrechen verübt wurde. Liberty ist meines Wissens nur an die fünfzig Meilen von Ihrem Wohnort entfernt. Haben Sie dort Bekannte, Mister Galloway?«

»Nein.«

»Der Prozeß gegen Ihren Sohn und seine Freundin wird in Liberty stattfinden, wenn die Psychiater den jungen Leuten Zurechnungsfähigkeit bescheinigen. Heute morgen ließ ich Kaffee und Brötchen für die beiden kommen, die sie heißhungrig verzehrten. Während ich telefonierte, konnte ich die beiden beobachten. Sie saßen dort...«

Er deutete auf ein dunkles Ledersofa an der Wand.

»... und hielten sich bei den Händen, wie schon in der Nacht. Sie flüsterten miteinander, sahen sich verzückt in die Augen. Jeder, der in diesem Augenblick in den Raum getreten wäre, ohne die Vorgeschichte der beiden zu kennen, hätte sie für das glücklichste Paar der Welt halten können. Als man mir Ihr Eintreffen meldete, sagte ich zu Ihrem Sohn:

›Ihr Vater ist hier.‹

Ich möchte Ihnen nicht weh tun, Mister Galloway, aber ich meine doch, daß Sie unbedingt die Wahrheit erfahren müssen. Auf meine Worte hin wandte sich Ihr Sohn mit gerunzelten Brauen seiner Freundin zu und stieß zwischen den Zähnen hervor:

›Verdammt!‹

Ich redete trotzdem weiter:

›Sie dürfen ein paar Minuten lang mit ihm sprechen, auch unter vier Augen, wenn es Ihnen lieber ist.‹

›Aber ich will ihn überhaupt nicht sehen!‹ schrie er. ›Ich habe ihm nichts zu sagen. Müssen Sie ihn denn unbedingt hereinlassen?‹

›Ich kann Ihnen eine Begegnung mit Ihrem Vater nicht aufzwingen.‹

›Dann tun Sie das gefälligst auch nicht!‹

Andere werden jetzt die Sache in die Hand nehmen, und ich muß gestehen, daß ich heilfroh bin, in seinem Fall keine Entscheidung treffen zu müssen.«

»Er ist nicht wahnsinnig«, rezitierte Dave im Brustton der Überzeugung.

»Ich weiß nicht, ob Sie sich darüber im klaren sind, daß es keine andere Möglichkeit gibt, seine Haut zu retten. Doch wenn Sie mir versprechen, sich diskret zurückzuhalten, wenn Sie meinen, daß Sie dazu imstande sind, Ihren Sohn aus nächster Nähe zu sehen, ohne auf ihn loszustürzen, dann ...«

»Ich gebe Ihnen mein Wort.«

»Die Sache ist noch streng geheim: Um 12 Uhr 45 werden sich Ihr Sohn und Lillian Hawkins in Begleitung eines Polizeibeamten und einer Wärterin am Flughafen einfinden, wo kurz darauf eine Maschine nach New York startet. Sie werden nur rasch die Halle durchqueren, wo sicher einige Journalisten und Fotografen warten. Sie könnten sich ja zufällig dort aufhalten ...«

»Reisen Sie denn mit einem Linienflugzeug?«

Der Inspektor nickte.

»Darf ich denselben Flug nehmen?«

»Wenn noch ein Platz frei ist.«

Es blieben ihm noch anderthalb Stunden, aber er hatte so große Angst, sich zu verspäten, daß er ohne Säumen das Federal Building verließ und in sein Hotel eilte.

Er trat sogleich an die Rezeption: »Ich muß um 12 Uhr 45 am Flughafen sein. Ich hole nur schnell meinen Koffer. Was bin ich Ihnen schuldig?«

»Nichts, Mister Galloway, Sie haben ja das Zimmer nicht benutzt.«

Im Taxi legte er denselben Weg zurück wie am Morgen. Am Flughafen rannte er unverzüglich zum Schalter.

»Ist im Flugzeug, das um 12 Uhr 45 abfliegt, noch Platz?«

»Wie viele Personen?«

»Eine.«

»Einen Augenblick, bitte.«

Es war sehr heiß. Auf der Oberlippe des jungen Mädchens perlte der Schweiß, unter den Achseln zeichneten sich feuchte Ringe ab. Ihr Körpergeruch erinnerte ihn an Ruth. Sie telefonierte mit einer anderen Dienststelle.

»Ihr Name, bitte«, fragte sie dann, zückte den Stift, um sein Ticket auszufüllen.

»Galloway.«

Sie sah ihn verblüfft an, war einen Moment unschlüssig.

»Wissen Sie denn, daß im selben Flugzeug...«

»Ja, ja, mein Sohn...«

Im Flughafenrestaurant aß er zu Mittag. Noch vermochte ihn die Erzählung des Inspektors vom FBI nicht aus dem Geleise zu bringen, denn sein Auftrieb hielt unvermindert vor. Nur als die Rede auf Lillian und ihre überschwengliche Liebeserklärung gekommen war, hatte sich ihm das Herz zusammengekrampft.

Natürlich wollte Ben ihn nur deshalb nicht sehen, weil er sich schämte, ihm gegenüberzutreten. Auch seine Nerven waren sicher zum Zerreißen gespannt. Er brauchte ein wenig Zeit, um sich wieder zu fangen.

Schon um Viertel nach zwölf stand Galloway am Eingang des Flughafens und beobachtete alle vorfahrenden Wagen. Er hatte sich bei zwei Angestellten danach erkundigt, ob es auch bestimmt keinen zweiten Eingang gab. Er sah die Fotografen mit ihren Kameras, zu denen drei weitere Männer stießen, zweifellos Journalisten. Sie warteten in der Mitte der Halle. Einer wurde auf ihn aufmerksam, runzelte die Brauen, beratschlagte mit den anderen, befragte dann das Fräulein am Schalter, die mit dem Kopf nickte.

Man hatte ihn also erkannt. Und wenn schon! Sie traten alle zusammen auf ihn zu.

»Mister Galloway?«

»Ja.«

»Haben Sie heute morgen Ihren Sohn gesehen?«

Er war nahe daran, sie anzulügen, denn zuzugeben,

daß die ganze Reise ein Fehlschlag war, kam ihn sehr hart an.

»Das war nicht möglich.«

»Hat man Ihnen die Erlaubnis verweigert?«

Am liebsten hätte er jetzt einfach ja gesagt, doch seine Antwort stünde morgen in der Zeitung, und dann würde der Inspektor vom FBI sie wohl richtigstellen.

»Mein Sohn wollte mich nicht sehen«, bekannte er schließlich, brachte sogar ein Lächeln zustande, als handelte es sich um eine Kinderei. »Seine Reaktion ist sehr begreiflich ...«

»Werden Sie mit ihm zusammen reisen?«

»Ja, im selben Flugzeug.«

»Findet der Prozeß in Liberty statt?«

»Das hat man mir vor einer Stunde mitgeteilt.«

»Wissen Sie schon, an welchen Anwalt Sie sich wenden wollen?«

»Nein. Es kommt nur der beste in Frage. Geld habe ich.«

Plötzlich überkam ihn Scham, denn er fühlte, daß er eine lächerliche Figur abgab.

»Sie gestatten doch«, sagte jemand. »Treten Sie bitte ein paar Schritte vor. Danke!«

Wieder fotografierte man ihn. In diesem Augenblick sah er seinen Sohn aus dem Auto steigen, mittels Handschellen an einen jungen Polizisten in Zivil gekettet, der wie sein großer Bruder aussah. Ben trug seinen beigefarbenen Regenmantel. Er war barhäuptig. Lillian folgte ihm in Begleitung einer dicklichen Frau, die in ein dunkles uniformähnliches Kostüm gezwängt war.

Zwei große Fenster standen offen. Hatte Ben seinen

Vater, von dem die Fotografen eine Aufnahme um die andere schossen, von weitem erkannt? Die Fotografen ließen jedenfalls von ihm ab, rannten zur Tür, gefolgt von den Journalisten. Wie auf ein verabredetes Zeichen hatte sich dort ein Menschenauflauf versammelt, der bereits ein Spalier bildete, als handle es sich um prominente Persönlichkeiten.

Dave gebrauchte seine Ellbogen, drängte sich in die erste Reihe, und als sein Sohn nur noch wenige Meter von der Sperre entfernt war, kreuzten sich ihre Blicke. Ben ging unbeirrt weiter, runzelte nur die Stirn. Dann wandte er sich um, aber nicht zu seinem Vater, sondern zu Lillian, um ihr etwas zuzuflüstern.

Sie war ein wenig blasser als er, wohl völlig übermüdet. In ihrem billigen Mäntelchen, das sie offen über einem geblümten Kattunkleid trug, nahm sie sich neben der Wärterin wie ein kränkelndes kleines Mädchen aus.

Nicht mit einer winzigen Bewegung hatte Ben zu erkennen gegeben, daß ihm etwas an seinem Vater lag, und Dave begann nun zu begreifen, was der Inspektor ihm hatte sagen wollen. Es konnte doch nicht sein, daß auf einen Schlag sechzehn Jahre eines gemeinsamen Lebens, einer innigen Vertrautheit einfach ausgelöscht waren! Und doch hatte kein Licht in den Augen seines Sohnes aufgeblitzt, sich nicht die geringste Gefühlsregung in seinen Zügen gemalt. Er hatte nur die Stirn gerunzelt, als wäre er einer Mißgestalt begegnet.

»Mein Vater!« mochte er wohl dem jungen Mädchen zugeflüstert haben, als er sich nach ihr umwandte.

Inzwischen hatten sie schon den Landeplatz erreicht.

Erst nachdem sie ins Flugzeug eingestiegen waren, öffnete man die Sperre für die übrigen Passagiere.

»Hat er Sie gesehen?« fragte einer der Reporter.

»Ich glaube schon.«

Er fühlte sich bemüßigt, hinzuzufügen:

»Ganz sicher bin ich mir nicht.«

Er ließ die anderen vorangehen, bestieg als einer der letzten die Maschine, wo die Stewardeß ihm einen rückwärtigen Sitz anwies. Ben und Lillian saßen ganz vorne, er in der linken Reihe neben dem Polizisten, sie in der rechten mit der Wärterin, so daß sie nur durch den Gang voneinander getrennt waren.

Dave mußte sich von seinem Sitz erheben, um einen Blick auf sie zu erhaschen. Freilich bekam er nur Kopf und Nacken der beiden zu sehen, und auch nur dann, wenn sie sich nicht gerade zurücklehnten. Doch das genügte, um festzustellen, daß sie einander unablässig anblickten. Manchmal neigten sie sich zur Seite und redeten miteinander, und ihre Bewacher ließen sie gewähren. Ein wenig später bot die Stewardeß ihnen, wie allen anderen Passagieren auch, Tee und Sandwiches an. Sie lehnten beides ab.

Wußten sie denn wirklich nicht, was sie sich da eingebrockt hatten? Wenn man sie so sah, hätte man meinen können, sie machten eine Ferienreise. Dave bemerkte wohl, daß sich die anderen Passagiere genauso über ihr Verhalten wunderten wie er selber.

Nach einer halben Stunde rutschte Lillians Kopf zur Seite. Sie schlief bis zur Landung. Ben aber unterhielt sich erst leise mit dem Polizisten, dann las er die Zeitung, die dieser ihm zugeschoben hatte.

Das Ganze war nur ein Mißverständnis, davon war Galloway überzeugt. Das Verhalten der anderen Menschen scheint uns immer unbegreiflich, da wir ihre wahren Motive nicht kennen. Als er damals Ruth geheiratet hatte, stieß er bei allen seinen Kollegen auf Befremden, in das sich Mitgefühl mischte. Er aber hatte ihnen die Stirn geboten, genau wie Ben heute der Menschenmenge!

Er allein wußte, was er tat, als er Ruth zur Frau nahm.

Alle bedauerten ihn. Sie mutmaßten, er habe sich einwickeln lassen, sei einem plötzlichen Impuls gefolgt. Keiner ahnte, daß sie genau die Art von Frau war, die er sich zur Ehepartnerin wünschte. Wer weiß? Am Ende hatte der eine oder andere doch insgeheim gedacht, er habe sie in einem Anfall von geistiger Umnachtung geheiratet.

Auch er nahm seine Frau in aller Öffentlichkeit bei der Hand und sah den Leuten herausfordernd ins Gesicht. Als sie schwanger wurde, spazierte er mit ihr voller Stolz durch die Innenstadt.

Sie war mit fast allen seinen Kollegen ins Bett gegangen. Dennoch hatte er es sich versagt, sie vor ihrer Heirat anzurühren. Seltsamerweise war sie darüber so gerührt, daß sie in Tränen ausbrach und sich bei ihm bedankte. Allerdings hatten sie an jenem Abend – wie immer – eine Menge getrunken.

Jeder prophezeite ihm, daß er mit ihr unglücklich werden würde, aber das war keineswegs der Fall. Er hatte darauf bestanden, wie die meisten jungen Ehepaare, ein Haus in der neuen Siedlung zu beziehen,

Möbel und Nippessachen anzuschaffen, die denen ihrer Nachbarn aufs Haar glichen. Seine Mutter war nicht zu seiner Hochzeit gekommen, da er sie erst einen Monat danach davon in Kenntnis gesetzt hatte, und zwar ganz beiläufig im Schlußsatz eines Briefes, als handle es sich um eine völlig belanglose Angelegenheit. Im Frühjahr darauf stattete sie zusammen mit Musselman dem jungen Paar einen überraschenden Besuch ab. So schnell würde sie sich nicht von ihrer Verblüffung erholen, dessen war er sich sicher. Er wußte zwar nicht, was sie von ihm erwartet hatte, aber bestimmt weder eine Frau wie Ruth noch den kleinbürgerlichen Hausstand, den er ihr vorführte.

»Bist du glücklich?« fragte sie ihn, als sie einen Moment allein in einem Zimmer waren.

Er lächelte nur, aber sie traute diesem Lächeln nicht so recht. Sie hatte ihm nie ganz über den Weg getraut, genausowenig wie seinem Vater. Ob sie wohl auch an Musselman zweifelte?

»Also Kinder, wir müssen uns wieder auf den Weg machen.«

Sie hatte nicht bei ihnen essen wollen.

»Viel Glück!« rief sie ihnen noch vom Gehsteig aus zu.

In Wahrheit wünschte sie dem jungen Paar alle nur erdenklichen Katastrophen an den Hals. Deshalb teilte er ihr auch nicht mit, daß Ruth ihm weggelaufen war. Zwei Jahre lang ließ er ihre im übrigen spärlichen Briefe unbeantwortet.

Solche Dinge waren es wohl, die der Inspektor ihm heute morgen hatte begreiflich machen wollen. Doch da bestand ein wesentlicher Unterschied: er vertraute Ben. Sie gehörten derselben Rasse an. Ben war wirklich sein Sohn. Heute abend noch oder morgen würden sie sich aussprechen und alles klarstellen. Ben mußte nur wissen, daß sein Vater ihm von vorneherein Verständnis entgegenbrachte. Genau das hatte er in seinem Appell sagen wollen:

›*Ich bin immer für dich da, was auch geschehen mag.*‹

Um jedes Mißverständnis auszuschließen, hatte er hinzugefügt:

›*Ich bin dir nicht böse!*‹

Es ging ihm hierbei nicht so sehr um das Vorgefallene, sondern er meinte das in einem weiteren Sinn. Vermutlich hatte Ben seinen Appell über das Radio nicht gehört, denn zu dem Zeitpunkt, als er durchgegeben wurde, befand er sich gerade bei dem Friedensrichter in Illinois.

Ob er wohl später in der Nacht ungeachtet der Polizeifahndung Lillian überredet hatte, einander ganz anzugehören? Oder war die Initiative von ihr ausgegangen? Er zog es vor, nicht darüber nachzugrübeln und sich auch keine Gedanken darüber zu machen, was er jetzt zu Lillian sagte, die eben erwacht war.

Sie überflogen New York, dessen beinahe goldfarbene Wolkenkratzer in der Sonne schimmerten. Die Maschine verlor immer mehr an Höhe. Die Passagiere hatten ihre Zigaretten ausgedrückt, die Gurte angeschnallt. Dave nahm sich vor, so lange sitzen zu bleiben, bis sein Sohn sich anschickte, das Flugzeug zu verlassen, um ganz in seine Nähe zu gelangen, ihn vielleicht sogar zu streifen, doch die Stewardeß hieß alle

Passagiere aussteigen und machte für ihn keine Ausnahme.

Es blieb ihm nichts anderes übrig, als hinter den anderen zwischen den Absperrungen herzugehen. Als sie in den Wartesaal gelangten, wandte er sich um und sah, daß Ben und Lillian sich mit ihren Begleitern auf dem Fluggelände entfernten.

»Wohin bringt man sie?« fragte er einen Mann vom Bodenpersonal.

Dieser blickte in die Richtung, in die er zeigte.

»Vermutlich zu einer anderen Maschine«, entgegnete er gleichgültig.

»Welche Linie hat dort ihren Startplatz?«

»Syracuse.«

»Wissen Sie, ob das Flugzeug in Liberty zwischenlandet?«

»Gut möglich.«

Seine Bemühungen, den Flug noch zu bekommen, scheiterten. Bis er den richtigen Schalter gefunden hatte, war die Maschine schon gestartet.

»In einer Stunde haben Sie einen anderen Flug, ebenfalls mit Zwischenlandung in Liberty. Das geht immer noch schneller als mit dem Zug.«

Er faßte sich in Geduld, begann sich damit abzufinden, daß nichts nach Wunsch verlief. Er ließ den Mut nicht sinken, denn er zweifelte keinen Augenblick daran, daß er das letzte Wort haben würde.

Um fünf Uhr nachmittags traf er in der Hauptstadt des Bezirks ein, den er bisher nur im Auto durchfahren hatte, das letztemal in einem Polizeiwagen. Das war am Sonntag gewesen, kein Laden hatte offen gehabt. Er stellte seinen Koffer schnell im Hotel ab, ohne sich auf sein Zimmer zu begeben, und eilte sogleich zum Justizpalast, der sich ganz in der Nähe befand.

Er kam um wenige Minuten zu spät. Auf der Steintreppe standen nur noch einige Fotografen und eine Gruppe von Schaulustigen.

»Ist Ben Galloway hier?«

»Er wurde eben weggebracht.«

»Wohin?«

»Ins Distriktgefängnis.«

»Hat der Staatsanwalt ihn gesehen?«

»Sie wurden beide in sein Amtszimmer geführt, hielten sich dort aber nur ein paar Minuten auf.«

Keiner hatte ihn erkannt. Er versuchte die Glastür aufzudrücken, aber sie gab nicht nach. Im Inneren erblickte er einen einarmigen Gerichtsdiener mit betreßter Schirmmütze, der ihm bedeutete, daß er ihn nicht einlassen würde.

»Der macht Ihnen nicht mehr auf«, sagte ein alter Mann. »Um Punkt fünf Uhr schließt er die Türen, und dann kommt keiner mehr hinein.«

»Ist denn der District Attorney noch in seinem Amtszimmer?«

»Schon möglich. Meines Wissens hat er das Gebäude nicht verlassen. Aber nach fünf Uhr empfängt er Sie ohnehin nicht mehr.«

Der Greis, dessen Gebiß locker saß, sah ihm mit schlauem Lächeln ins Gesicht.

»Nicht wahr, Sie sind doch der Vater?«

Und als Galloway nickte, rief er mit hoher Fistelstimme:

»Einen feinen Sohn haben Sie da! Auf den können Sie sich was einbilden!«

Das war die erste boshafte Bemerkung, die er wegen Ben einstecken mußte. Verblüfft und verständnislos blickte er dem kleinen Greis nach, der sich feixend entfernte.

Von Anfang an hatte er alles falsch gemacht. Er hätte auf den Polizisten hören und sofort einen guten Anwalt nehmen sollen. Er wußte ja nicht einmal, wie man es anstellte, um einen Häftling zu besuchen. Er hatte Rechte, doch er kannte sie nicht. Man mußte Ben vor sich selbst beschützen und durfte ihn nicht weiterhin wie ein Kind reden und handeln lassen.

Er kehrte ins Hotel zurück, denn hier kam er nicht weiter.

»Könnte ich den Hoteldirektor sprechen?«

Unverzüglich brachte man ihn in ein Büro neben dem Empfang. Der Geschäftsführer trug kein Jackett, hatte die Hemdsärmel hochgekrempelt.

»Sid Nicholson«, stellte er sich vor.

»Dave Galloway. Ich nehme an, Sie kennen den Grund meines Hierseins.«

»Ich, ich weiß, Mister Galloway.«

»Ich möchte Sie fragen, welches der beste Anwalt des Distrikts ist.«

Überflüssigerweise bramabasierte er:

»Der Preis spielt keine Rolle. Ich habe Geld.«

»Sie sollten versuchen, sich an Wilbur Lane zu wenden.«

»Ist er der beste?«

»Er ist nicht nur der beste Anwalt von Liberty, sondern er plädiert fast jede Woche in New York und Albany, er zählt zum engeren Freundeskreis des Gouverneurs. Wollen Sie ihn noch heute abend sprechen?«

»Wenn sich das machen läßt.«

»Dann sollte ich ihn wohl sofort anrufen, denn von seiner Kanzlei aus fährt er zum Golfplatz, und dort ist er unerreichbar.«

»Bitte tun Sie das.«

»Jane, verbinden Sie mich mit Wilbur Lane.«

Am anderen Ende der Leitung meldete sich eine Sekretärin, die er ebenfalls beim Vornamen anredete.

»Ist Ihr Chef noch im Büro? Sid Nicholson am Apparat. Ich würde gern kurz mit ihm sprechen... Ja, sehr dringend... Hallo! Wilbur? Entschuldige bitte die Störung. Warst du schon im Aufbruch?... Ich habe hier jemanden, der dich unbedingt braucht... Hast du es nicht schon erraten?... Ja, er ist es tatsächlich... Er befindet sich gerade in meinem Büro... Kannst du ihn gleich empfangen?... Ich schicke ihn zu dir... Noch einen schönen Abend...«

»Wo ist seine Kanzlei?«

»Sie brauchen nur die Straße hinunterzugehen, bis Sie auf der rechten Seite die kleine Methodistenkirche sehen. Es ist das große weiße Haus im Kolonialstil genau gegenüber. Auf dem Messingschild stehen die Namen Lane, Pepper und Durkin. Jo Pepper befaßt sich nur mit Steuerangelegenheiten und Erbsachen. Durkin ist vor sechs Monaten gestorben.«

Die Kanzlei wurde ebenfalls um fünf Uhr geschlossen, doch die Sekretärin hatte wohl durch eines der

Fenster nach ihm Ausschau gehalten, denn als er eben die Freitreppe hinaufstieg, öffnete sie bereits die Tür.

»Mister Lane erwartet Sie. Kommen Sie bitte mit.«

Ein weißhaariger Mann mit einem jugendlich glatten Gesicht erhob sich von seinem Sessel, um ihm die Hand zu reichen. Er war um einen Kopf größer als Galloway und hatte die Statur eines Rugbyspielers.

»Ich will zwar nicht gerade behaupten, daß ich Ihren Besuch erwartet habe, so überheblich bin ich denn doch nicht, aber überrascht hat mich der Anruf meines Freundes Sid nicht. Nehmen Sie Platz, Mister Galloway. Ich habe heute nachmittag in der Zeitung gelesen, daß Sie vergeblich nach Indianapolis geflogen sind.«

»Mein Sohn ist hier.«

»Ich weiß. Ich habe eben mit Georges Temple, dem District Attorney, übrigens ein alter Freund von mir, gesprochen. Ihm war auch sofort klar, daß das eine vertrackte Sache ist.«

»Ich möchte Sie bitten, die Verteidigung meines Sohnes zu übernehmen. Ich bin nicht gerade reich, aber ich habe Ersparnisse von etwa siebentausend Dollar...«

»Darüber können wir uns später unterhalten. Mit wem haben Sie in Indianapolis gesprochen?«

»Nur mit einem Beamten des dortigen FBI. Seinen Namen weiß ich allerdings nicht.«

»Was haben Sie ihm gesagt?«

»Daß sich meiner Überzeugung nach alles aufklären würde, sobald ich mit meinem Sohn gesprochen habe.«

»Und Ihr Sohn hat sich geweigert, Sie zu sehen.«

Galloway blickte ihn verwundert an. Der Anwalt redete weiter:

»Das steht bereits in der Zeitung. Sehen Sie, Mister Galloway, von nun an dürfen Sie mit keiner Menschenseele mehr, und schon gar nicht mit Journalisten, über die Sache reden. Auch auf scheinbar belanglose Fragen, Ihren Sohn betreffend, dürfen Sie keine Antwort geben. Temple wollte die beiden nicht gleich nach ihrer Ankunft hier ins Gebet nehmen, deshalb ließ er sie nur kurz in sein Büro kommen, um die üblichen Formalitäten abzuwickeln. Gleich darauf wurden sie ins Gefängnis gebracht. Da Sie mir die Verteidigung Ihres Sohnes anvertraut haben, werde ich morgen bei seinem ersten Verhör anwesend sein. Vielleicht ergibt sich sogar schon vorher die Möglichkeit zu einem Gespräch mit ihm.«

Er führte eine Zigarre in ein goldgerändertes Mundstück ein und fragte unvermittelt:

»Wie würden Sie ihn beschreiben?«

Dave errötete, denn er wußte nicht, worauf der Anwalt hinauswollte, und fürchtete, noch einmal einen Fehler zu machen.

»Ben war immer ein ruhiges, besonnenes Kind«, erwiderte er. »Sechzehn Jahre lang hatte ich nie Schwierigkeiten mit ihm.«

»Ich meine, wie verhielt er sich, als Sie ihn in Indianapolis sahen? In der Zeitung heißt es, daß Sie sich in der Halle des Flughafens von Angesicht zu Angesicht gegenüberstanden.«

»Nein, nicht gerade von Angesicht zu Angesicht. Ich befand mich in der Menschenmenge.«

»Hat er Sie gesehen?«

»Ja.«

»Wirkte er schuldbewußt?«

»Nein. Das läßt sich nicht so leicht erklären. Vermutlich war es ihm unangenehm, mich dort anzutreffen.«

»Lebt seine Mutter noch?«

»Ich nehme es an.«

»Wissen Sie nicht, wo sie wohnt?«

»Sie hat mich und das sechs Monate alte Baby vor fünfzehneinhalb Jahren verlassen. Drei Jahre darauf kam ein Mann zu mir, legte mir Papiere zur Unterschrift vor, in denen ich meine Einwilligung in die Scheidung erklärte.«

»Liegt eine erbliche Belastung von ihrer Seite vor?«

»Was meinen Sie damit?«

»Ich frage Sie, ob Sie bei seiner Mutter abnorme Verhaltensweisen beobachtet haben, aus denen sich das Geschehene erklären ließe.«

»Meines Wissens ist sie nie krank gewesen.«

»Und wie steht es mit Ihnen?«

Auf diese Art von Fragen war er nicht vorbereitet gewesen. Sie machten ihn ganz konfus, vor allem weil der Anwalt seine Antworten notierte. Er hatte gepflegte Hände mit manikürten Fingernägeln. Er trug einen tadellos geschnittenen blauen Anzug aus feinstem Kammgarn in Croisébindung. Schon seit einer Weile sann Dave darüber nach, an wen er ihn erinnerte.

»Ich war auch nie ernsthaft krank.«

»Und Ihr Vater?«

»Er ist mit vierzig Jahren an einem Herzschlag gestorben.«

»Wie steht es mit Ihrer Mutter?«

»Sie hat wieder geheiratet und ist gesund.«

»Und Ihre entferntere Verwandtschaft? Keine Tanten, Onkel, Vettern oder Kusinen, die irgendwann einmal in eine Anstalt eingewiesen werden mußten?«

Jetzt verstand er, worauf der Anwalt hinauswollte, wehrte entsetzt ab:

»Ben ist nicht geisteskrank!«

»Sagen Sie das nicht so laut, denn es könnte gut sein, daß das der einzige Weg ist, um seine Haut zu retten. Sehen Sie, als ich in den Zeitungen las, wie er sich aufführt, dachte ich erst, daß er es geradezu darauf anlegt, auf dem elektrischen Stuhl zu landen. Verzeihen Sie bitte, daß ich kein Blatt vor den Mund nehme. Wir müssen der Wahrheit ins Gesicht sehen. Doch inzwischen frage ich mich, ob er nicht viel schlauer ist, als wir meinen, und die beste Taktik gewählt hat.«

»Ich verstehe kein Wort.«

»Er weint nicht, bittet nicht um Verzeihung, bricht nicht zusammen, verfällt nicht einmal in argwöhnisches Schweigen. Vielmehr nimmt er den Mund voll und benimmt sich, als hielte er sich etwas darauf zugute, kaltblütig einen Menschen ermordet, sein Auto gestohlen, später das Feuer eröffnet und so lange geschossen zu haben, bis das Magazin seiner Pistole leer war.

Es ist kaum vorstellbar, lieber Mister Galloway, daß ein intelligenter Junge, der in seinem siebzehnten Lebensjahr steht und eine normale mittelständische Erziehung genossen hat, ja, wirklich kaum vorstellbar, daß ein solcher Junge derartige Verbrechen begeht, ohne geistesgestört zu sein.

Wie alle Menschen haben Sie Angst vor dem Wort ›Wahnsinn‹, das im übrigen den Kern der Sache nicht wirklich trifft. Die Psychiater werden sich prägnanterer Ausdrücke bedienen, um den Grad der Zurechnungsfähigkeit und Triebabhängigkeit Ihres Sohnes zu bestimmen.

Als erstes werde ich morgen beim District Attorney um ein psychiatrisches Gutachten eingeben und höchstwahrscheinlich einen Sachverständigen aus New York beiziehen.«

Sollte Dave darauf beharren, daß sein Sohn nicht geistesgestört war? Man hörte ihm ja nicht zu. Man gab ihm zu verstehen, daß die Sache ihn nichts mehr anging, daß er die Verteidigung Bens aus der Hand gegeben hatte.

»Ich gehe wohl recht in der Annahme, daß Sie in Liberty bleiben wollen, bis die beiden der Anklagejury vorgeführt werden. Allerdings könnte das psychiatrische Gutachten, dessen Bedeutung ich Ihnen eben dargelegt habe, mehr Zeit in Anspruch nehmen, als ich veranschlagt habe, so daß die Geschworenen erst in zwei oder drei Tagen zusammentreten.

Ich will Sie natürlich nicht daran hindern, hier zu bleiben, doch möchte ich Sie bitten, sich möglichst wenig in der Öffentlichkeit zu zeigen und sich vor allem jeder Äußerung zu enthalten. Alle Zimmer Ihres Hotels sind mit einem Telefon ausgestattet. Sobald ich es für wünschenswert halte, daß Sie mit Ihrem Sohn zusammentreffen, werde ich die nötigen Schritte bei der Staatsanwaltschaft unternehmen.

Einstweilen können Sie sich nützlich machen und

sich geistig betätigen, indem Sie sich alle scheinbar belanglosen, doch in irgendeiner Weise bizarren Vorkommnisse im Leben Ihres Sohnes ins Gedächtnis zurückrufen. Meinen Sie bloß nicht, da gäbe es keine. Sie werden sich wundern, was Sie alles herausfinden.«

Er blickte auf seine Uhr und erhob sich. Gut möglich, daß er in Gedanken schon auf dem Golfplatz war. Als sie einander die Hand reichten, wußte Dave mit einem Mal, an wen ihn der Anwalt erinnerte.

An Musselman, den zweiten Gatten seiner Mutter!

Jetzt war es zu spät. Er konnte nicht mehr zurück. Im übrigen verstand Musselman etwas von seinem Metier. Dieser Herr zweifellos auch.

Man drängte ihn zur Seite, erlegte ihm Schweigen auf, ja geradezu verstecken sollte er sich, und der Anwalt würde entscheiden, ob eine Unterredung zwischen Vater und Sohn wünschenswert war oder nicht!

Auf der Straße wandten sich die Passanten nach ihm um. Als er durch die Drehtür ins Hotel trat, sah er in der Halle Isabelle Hawkins, angetan mit ihrem besten Kleid und ihrem Sonntagshut. Sie stand in einem Winkel und redete mit einem Mann, den er nicht sogleich erkannte, weil er ihm den Rücken zukehrte.

Es war Evan Cavanaugh, der in Everton ansässige Anwalt. Die beiden mußten eben eingetroffen sein. Kein einziges Mal hatte Dave an die Hawkins gedacht, und daß Lillian auch einen Anwalt brauchte, war ihm keinen Augenblick in den Sinn gekommen. Wie sonderbar!

Isabelle Hawkins hatte ihn hereinkommen sehen. Jetzt blickten beide zu ihm herüber. Statt ihn zu grüßen oder ihm wenigstens zuzunicken, preßte sie die Lippen zusammen, und in ihre kleinen Augen trat ein feindseliger Ausdruck.

Sie haßte ihn. Das tat ihm beinahe wohl.

8

Gegen elf Uhr morgens stand er am Fenster und sah, wie Isabelle Hawkins zusammen mit Cavanaugh das Hotel verließ und auf den Justizpalast zuschritt. Er verspürte geradezu Neid. Sein Anwalt hatte noch nicht einmal telefoniert. Keinen Augenblick lang war er aus dem Zimmer gegangen.

Immer noch schaute er aus dem Fenster, harrte auf Nachricht, als Isabelle allein vom Gerichtsgebäude zurückkehrte, wo sie etwa eine Dreiviertelstunde verbracht hatte. War sie die ganze Zeit mit ihrer Tochter zusammengewesen? Sie blieb nur eine kleine Weile im Hotel, dann schlug sie, ihr Köfferchen in der Hand, den Weg zum Omnibusbahnhof ein.

Sie fuhr also nach Everton zurück. Sollte er nicht Musak anrufen, der ihm während der Nacht von Sonntag auf Montag nach besten Kräften beigestanden und ihn in seinem Wagen nach La Guardia gebracht hatte?

Doch was konnte er ihm schon viel sagen? Zwischen jener Nacht und dem heutigen Tag schien eine ganze Ewigkeit zu liegen, und er fragte sich, ob er Everton je wiedersehen würde.

Einige Minuten später rief Wilbur Lane an. Klang seine Stimme wirklich kühler als am Vortag, oder hörte sie sich nur am Telefon so barsch an? Jedenfalls vertat er keine Zeit mit überflüssigen Floskeln, erkundigte sich nicht einmal nach seinem Befinden.

»Ich habe heute nachmittag um drei eine Zusammenkunft mit Ihrem Sohn im Büro des Staatsanwaltes ausgemacht. Finden Sie sich ein paar Minuten vorher in der Halle ein, wo ich sie dann abhole.«

Lane legte auf, ohne ihm Zeit zu lassen, noch Fragen zu stellen. Genauso verhielt sich Musselman, auch wenn er nichts zu tun hatte, nur um sich den Anschein eines vielbeschäftigten Mannes zu geben. Galloway nahm das Mittagessen im Hotelrestaurant ein, gelangte viel zu früh in den Justizpalast, wanderte auf und ab und studierte angelegentlich die amtlichen Bekanntmachungen an den Wänden.

Um zwei Minuten vor drei erschien der Anwalt. Ohne im Gehen innezuhalten, bedeutete er ihm zu folgen, und schritt ihm voran durch einen langen Korridor.

»Die Unterredung findet im Beisein des District Attorney statt«, erklärte er ihm unterwegs.

»Hat der Staatsanwalt drauf bestanden?«

»Nein, Ihr Sohn.«

»Haben Sie mit ihm gesprochen?«

»Ja, während dreißig Minuten, schon in aller Herrgottsfrühe. Später habe ich auch seinem Verhör beigewohnt.«

Was da gesagt worden war, wie Ben reagiert hatte, das ging ihn wohl nichts an, denn der Anwalt hüllte sich in Schweigen.

Lane pochte an die Tür, öffnete sie, ohne die Antwort abzuwarten, durchschritt einen Raum, wo zwei

Sekretärinnen an der Arbeit saßen, tippte dabei kurz an seinen perlgrauen Hut.

»Sind sie schon da?« fragte er im Ton eines Mannes, der hier zu Hause war.

Er stieß eine zweite Tür auf. Daves Blick fiel sofort auf Ben, der mit übereinandergeschlagenen Beinen, eine Zigarette rauchend, mitten im Zimmer saß. Der District Attorney hatte ihm gegenüber an seinem Schreibtisch Platz genommen. Es war ein etwa vierzigjähriger Mann von schwacher Gesundheit, ein Muster an Pflichtbewußtsein – sicher ein Pedant.

»Kommen Sie herein, Mister Galloway.« Er erhob sich höflich.

Ben wandte sich zur Tür und rief:

»Hallo, Dad!«

Seine Stimme klang freundlich, aber unverbindlich, genau wie früher, wenn er von der High School nach Hause kam. Sie traten nicht aufeinander zu. Dave war befangen. Die Anwesenheit der beiden Männer, die sich in eine Ecke zurückgezogen hatten und sich den Anschein gaben, ein vertrauliches Gespräch zu führen, störte ihn, und so fand er keine Worte. Freilich ahnte er dunkel, daß er, hätte er seinen Sohn unter vier Augen gesprochen, nicht weniger beklommen gewesen wäre.

Schließlich sagte er tonlos:

»Hast du meinen Appell gehört?«

Selten hatte er Ben so gelöst gesehen. Ihm schien fast, als hätte sein Sohn innerhalb der letzten zwei Tage alle Unbeholfenheit und Ruppigkeit der Flegeljahre abgelegt. Er benahm sich vollkommen natürlich und ungezwungen.

»Ich muß gestehen, daß wir gar nicht auf den Gedanken kamen, das Radio einzuschalten, aber ich habe ihn gestern in der Zeitung gelesen.«

Er verlor kein weiteres Wort darüber. Alle hatten sie gemeint, daß die beiden Flüchtigen unablässig Radio hörten, um die Pläne der Polizei zu vereiteln. Ben sagte ihm rundheraus, daß sie überhaupt nicht daran gedacht hatten. Mit amüsiertem Lächeln fügte er hinzu:

»Genauso war es mit unserer Route. Man suchte auf Nebenstraßen nach uns, dabei fuhren wir in aller Ruhe auf dem Highway dahin, außer die beiden Male, als wir uns verfahren hatten.«

Dann schwieg er. Dave aber brachte kein Wort hervor. Er verschlang seinen Sohn mit den Augen. Dieser hatte den Kopf ein wenig zur Seite gewandt, so daß er ihm sein Profil zukehrte. Er stellte fest, daß Ben frisch rasiert war und ein sauberes Hemd trug.

»Weißt du, Dad, es wäre wirklich besser, du führest nach Everton zurück. Es läßt sich noch gar nicht absehen, wann die Anklagejury zusammentritt. Das hängt von den Irrenärzten ab, die morgen aus New York eintreffen.«

Ohne jede Scheu sprach er von Geschworenen und Psychiatern.

»Wenn du Jimmy Van Horn triffst, dann sag ihm bitte, daß es mir wegen ihm sehr leid tut. Ich habe nichts verraten.«

»Und mir, hast du mir denn nichts zu sagen, Ben?«

Er bettelte geradezu. Sein Sohn erwiderte:

»Was soll ich dir schon sagen? Ich würde dir doch

nur weh tun. Fahre wieder nach Everton. Mach dir um mich keine Sorgen. Ich bereue nichts, und ich würde genau dasselbe noch einmal tun.«

Er wandte sich zum District Attorney.

»Reicht es jetzt?« fragte er, als hätte er sich nur auf dringliches Bitten des Staatsanwaltes dazu herbeigelassen, seinen Vater zu sehen.

Dem Attorney war die Sache peinlich. Zweifellos empfand er es als eine Plage, daß ausgerechnet er diese Mordsache, die in allen Zeitungen der Vereinigten Staaten Schlagzeilen machte, am Hals hatte.

»Er scheint Ihnen nichts mehr zu sagen zu haben, Mister Galloway.«

Dann fügte er hinzu, damit nicht der Eindruck entstand, er wollte ihn brutal vor die Tür setzen:

»Es stimmt schon, daß wir den Termin der Anklagejury erst nach dem Sachverständigengutachten festsetzen können.«

Ben beugte sich nach vorn, um den Zigarettenstummel im Aschenbecher auszudrücken.«

»Wiedersehen, Dad«, murmelte er, um seinen Vater endlich zum Verlassen des Raumes zu bewegen.

»Auf Wiedersehen, mein Sohn.«

Lane trat mit ihm auf den Gang hinaus. Dave fiel auf einmal ein, daß er sich nicht vom District Attorney verabschiedet hatte, und schickte sich schon an, sich wieder in dessen Büro zu begeben, um sich dafür zu entschuldigen.

»Heute morgen hat er sich mir gegenüber und dann auch während des Verhörs genauso benommen wie eben.«

Dave spürte, daß der Anwalt empört war und ihn am liebsten dafür verantwortlich gemacht hätte.

»Vielleicht hätten wir noch eine Chance gehabt, eine Anklage auf vorsätzliche Tötung zu entkräften, indem wir geltend machten, daß ihm erst unterwegs der Gedanke kam, einen Autofahrer zu attackieren.«

Seine Rede schwirrte an Dave vorbei. Er fühlte sich wie von einer leeren Schutzhülle umgeben.

»Er aber bestand darauf, dem District Attorney darzulegen, daß er sein Verbrechen schon drei Wochen zuvor in allen Einzelheiten geplant hatte. Den Samstag wählte er für seine Flucht nur deshalb aus, da Sie anscheinend diesen Abend bei einem Nachbarn verbringen. Es dürfte Ihnen allerdings neu sein, daß er eigentlich schon eine Woche eher wegfahren wollte, es aber verschieben mußte, weil Sie einen Schnupfen hatten und die Wohnung nicht verließen. Stimmt das?«

»Ja, das stimmt.«

»Der Anwalt von Lillian Hawkins kommt mit ihr auch auf keinen grünen Zweig. Ihr Sohn hat erneut versucht, alles auf seine Kappe zu nehmen. Sie aber behauptet, daß sie nicht nur das Ganze mit ihm zusammen geplant hat, sondern auch die treibende Kraft dabei war. Sie gibt auch vor, daß sie Ben bedeutet habe, den Mann im Oldsmobile endlich zu erschießen.«

Die Galle kam ihm hoch.

»Wie haben Sie nur sechzehn Jahre lang mit dem Jungen zusammenleben können, ohne das geringste zu bemerken?«

Dave war nahe daran, ihn um Verzeihung zu bitten. Was konnte er sonst schon tun? Er durfte seinen Zorn ruhig an ihm auslassen, alle durften über ihn herfallen. Es war nur recht und billig, daß man ihn zur Verantwortung zog.

»Werden Sie meinen Rat befolgen?«

»Welchen Rat?«

»Nach Everton zurückzukehren.«

Er schüttelte den Kopf. Bis zum Ende würde er in Bens Nähe bleiben, selbst wenn er ihn nur dann und wann aus der Ferne zu Gesicht bekäme.

»Wie Sie meinen. Ich habe Doktor Hassberger als psychiatrischen Sachverständigen zugezogen. Er trifft morgen früh um dieselbe Zeit wie der vom District Attorney bestallte Experte hier ein. Aber ich möchte, daß Sie sich darüber im klaren sind, daß wir keine Wunder erwarten können.«

Unauslöschlich prägte sich Galloway der Anblick des Anwalts ein, der in seinem blauen Anzug, das seidenweiche weiße Haar sorgfältig gescheitelt, im Halbdunkel des Korridors auf ihn einredete. Schließlich klopfte ihm Lane mit Beschützermiene auf die Schulter.

»Ruhen Sie sich aus. Bleiben Sie in Ihrem Zimmer, damit ich Sie gegebenenfalls erreichen kann.«

Es war ein Zimmer mit Doppelbett. Die Tapete wies breite hell- und dunkelgrüne Längsstreifen auf, und der Sessel hatte eine defekte Sprungfeder. Dave verbrachte die meiste Zeit am Fenster, beobachtete das Kommen und Gehen rings um den Justizpalast, aber von Ben keine Spur. Entweder benötigte man ihn nicht im Gerichtsgebäude oder man brachte ihn durch eine Hintertür hinein. Dafür sah er gegen fünf Uhr Wilbur Lane, der zusammen mit einer Sekretärin des District Attorney das Gebäude verließ.

Nach dem Abendessen war er wieder drauf und dran, Musak anzurufen, konnte sich aber dann doch nicht dazu aufraffen.

Er vermochte nicht zu begreifen, was Lane an ihm so irritierte. Der District Attorney fühlte sich in seiner Gegenwart unbehaglich.

Schließlich schlief er doch ein. Als er erwachte, wollte er erst nicht glauben, daß es schon acht Uhr morgens war. Zwei Stunden lang wartete er auf den Anruf des Anwalts, dann hielt er es nicht mehr aus und wählte die Nummer seiner Kanzlei. Es dauerte eine ganze Weile, bis Lane an den Apparat kam, und er hatte den Eindruck, daß er während des Gesprächs den Reden eines Klienten lauschte.

»Ich habe Ihnen doch versprochen, daß ich mit Ihnen in Verbindung trete, sobald es etwas Neues gibt. Im Augenblick habe ich Ihnen nichts zu sagen... Nein... Doktor Hassberger ist um acht Uhr eingetroffen und begab sich sogleich ins Gefängnis, um Ihren Sohn zu untersuchen... Ja, das ist richtig... Ich rufe Sie dann an...«

Mittags hatte er noch nichts von ihm gehört. Erst um ein Uhr klingelte das Telefon.

»Der gerichtliche Termin ist für den Donnerstag um zehn Uhr anberaumt«, sagte Lane ohne Umschweife.

»Was hat das zu bedeuten?«

»Ganz einfach, daß Hassberger ihn als körperlich und geistig gesund betrachtet, so daß er für seine Handlungen voll verantwortlich ist. Wenn unser Gutachter schon diese Meinung vertritt, dann haben wir vom Sachverständigen der Staatsanwaltschaft nichts Günstigeres zu erwarten. Ich werde Sie eventuell als Zeugen vorladen lassen, und in diesem Fall hätte ich im Laufe des Nachmittags gern eine Unterredung mit Ihnen.«

Er gab aber kein Lebenszeichen. Auch am folgenden Tag hörte Dave nichts vom Anwalt, und so entschloß er sich, ihn gegen halb fünf in seiner Kanzlei aufzusuchen, was sich als fruchtlos erweisen sollte. Die Sekretärin teilte ihm mit, daß Lane eine Besprechung hatte und ihn nicht empfangen konnte.

Nicht ohne Verwunderung stellte Galloway fest, daß er nicht mehr litt, ja daß sogar kleine Kränkungen wie die ihm eben zugefügte ihm nichts mehr anzuhaben vermochten. Seit es für ihn nichts mehr zu tun gab, war ihm jedes Zeitgefühl abhanden gekommen. Stundenlang saß er im Sessel seines Hotelzimmers oder stand am Fenster, und das Zimmermädchen mußte die Essenszeit abwarten, um sauberzumachen.

Einmal klopfte es an der Tür. Ein Unbekannter, der ihm wie ein Polizist in Zivil vorkam, übergab ihm ein amtliches Schreiben, das ihn für den morgigen Tag als Zeugen zur Gerichtsverhandlung vorlud.

Er fand sich eine halbe Stunde zu früh im Justizpalast ein. Wilbur Lane, um den sich eine Gruppe von Menschen scharte, schien ihn absichtlich zu übersehen.

Nur etwa dreißig Personen, vorwiegend Frauen, hatten schon auf den hellen Holzbänken des Gerichtssaales Platz genommen, andere spazierten in den Gängen auf und ab oder zogen sich in einen Winkel zurück, um dort zu plaudern und zu rauchen.

Er sah Doktor Van Horn in Begleitung seines Sohnes Jimmy, doch der Arzt blickte nicht in seine Richtung, vielmehr steuerte er auf den Anwalt zu, mit dem er sich freundschaftlich unterhielt, als seien sie alte Bekannte. Auch Isabelle Hawkins war mit ihrem Sohn Steve gekommen, aber weder sie noch er grüßten zu ihm herüber.

Ein junger Journalist fragte ihn in beinahe scherzhaftem Ton:

»Aufgeregt?«

Er zwang sich zu einem Lächeln. Ihn verlangte nur danach, seinen Sohn in den Justizpalast treten zu sehen. Daß dieser sich schon seit einer halben Stunde im Amtszimmer des District Attorney befand, ahnte er nicht.

Kurz bevor der Gerichtsdiener die Glocke im Gang betätigte, nahm Lane von ihm Notiz, als hätte er seine Anwesenheit eben erst bemerkt.

»Ich habe Ihnen für alle Fälle eine Vorladung schikken lassen. Ich werde Ihnen ohnehin nur ein paar belanglose Fragen stellen. Vielleicht nicht einmal das. Wie dem auch sei, fassen Sie sich in Geduld.«

»Darf ich denn nicht in den Saal?«

»Erst nach Ihrer Zeugenaussage.«

Hatte ihn Lane am Ende nur deshalb vorladen lassen, um sich seiner während der Verhandlung zu entledigen? Die Zeugen wurden aufgerufen und in einen kahlen Raum gebracht. An den Wänden standen Bänke mit Rückenlehnen, ansonsten gab es dort nur kupferne Spucknäpfe und einen kleinen Brunnen mit Pappbechern. Unter den Zeugen befand sich auch der Lieutenant, der ihn am Sonntagmorgen vernommen hatte. Er war frisch rasiert und drückte ihm mit herzlicher Teilnahme die Hand. Isabelle Hawkins saß bereits auf einer Bank, neben ihr Steve, der sich halblaut mit Jimmy Van Horn unterhielt.

Alle anderen waren ihm unbekannt, auch die junge, etwa dreißigjährige Frau, die ihn oft unverwandt anblickte.

Nicht der Lieutenant, sondern ein anderer uniformierter Polizist wurde als erster aufgerufen. Er hatte wohl den Lieferwagen am Straßenrand entdeckt. Was im Nebenraum gesprochen wurde, vermochte man wegen der dicken Polstertür nicht zu verstehen, doch dann und wann drang Stimmengemurmel zu ihnen. Recht deutlich vernahm man nur den dumpfen Ton des Hammers, wenn der Vorsitzende auf das Pult schlug.

Dann holte man einen zweiten Polizeibeamten in den Gerichtssaal, und schließlich war der Lieutenant an der Reihe, dessen Vernehmung mehr Zeit in Anspruch nahm. Nach ihrer Aussage kehrten sie nicht mehr zurück. Ob sie wohl im Saal blieben? Dave wußte nichts von gerichtlichen Gepflogenheiten. Noch nie hatte er einer Gerichtsverhandlung mit einer Anklagejury beigewohnt. Als er vorhin im Gang umhergeirrt war, hatte er einen Mann, der hier eine große Rolle zu spielen schien, sagen hören, daß die Sache sehr schnell gehen würde, im Grunde nur eine Formalität sei, da die jungen Leute ihre Tat ja nicht leugneten.

Der vierte Zeuge sah aus wie ein Arzt. Vermutlich hatte er die Obduktion an Charles Ralston vorgenommen.

Wenn Galloway recht verstand, wurde jetzt auf Grund der Zeugenaussage der Tatbestand geklärt. Jetzt holte man die Frau in Trauerkleidung. Danach wurde die Verhandlung unterbrochen, und man vernahm lautes Getrappel im Gang, wo alles hindrängte, um schnell eine Zigarette zu rauchen. Die verbleibenden Zeugen aber durften den Raum nicht verlassen. Deshalb stand auch ein Schutzmann an der Tür.

Als der Gerichtsdiener wieder erschien, schickte sich Isabelle Hawkins schon an, sich zu erheben, denn sie meinte, jetzt sei sie an der Reihe, doch er bedeutete Galloway, ihm zu folgen.

Der Gerichtssaal war viel heller als der kleine Raum, den er eben verlassen hatte. Wegen der Hitze hatte man die beiden großen Fenster, die auf den Park hinausgingen, geöffnet, so daß der Lärm von draußen hereindrang. Hundert bis hundertfünfzig Personen saßen auf den Bänken. Aus Everton waren der Automechaniker, der Friseur und sogar die alte Mrs. Pinch gekommen. Nur der Automechaniker winkte ihm verstohlen zu.

Erst als er sich umwandte, erblickte er den Richter, der einsam an seinem erhöhten Pult thronte. Darunter befand sich ein Tisch, an dem der District Attorney und seine Mitarbeiter sowie die Journalisten Platz genommen hatten.

Zur Linken, genau der Jury gegenüber saß Ben, neben ihm Lillian. Beide verfolgten gespannt die Vorgänge im Saal, wandten sich einander zu, um Bemerkungen auszutauschen, wenn sie ein bekanntes Gesicht erspäht hatten.

Galloway hob die Hand und sprach die Worte nach:

»Ich schwöre...«

Dann forderte man ihn auf, mit dem Gesicht zur Jury und zum Publikum auf der Zeugenbank Platz zu nehmen. Lane trat zu ihm.

»Als erstes möchte ich vom Zeugen erfahren, wie alt sein Sohn war, als Mrs. Galloway die eheliche Wohnung verließ. Antworten Sie!«

»Sechs Monate.«

»Seither lebte Ihr Sohn immer bei Ihnen?«

»Ja.«

»Hatten Sie nie erwogen, wieder zu heiraten?«

»Nein.«

»Haben Sie keine Schwester oder eine andere weibliche Angehörige, die zeitweilig bei Ihnen wohnte oder Sie regelmäßig besuchte?«

Er bemerkte, daß ein amüsiertes Lächeln um Bens Mund spielte, als wisse er genau, worauf der Anwalt hinauswollte.

»Sie hatten auch kein Dienstmädchen?«

Er schüttelte den Kopf.

»Verkehrten Sie mit Ehepaaren?«

Wie sah das aus, wenn er auf alle Fragen mit Nein antwortete? Nicht nur Ben lächelte, sondern auch andere Leute im Saal ergötzten sich an seiner Verlegenheit.

»Wenn ich recht verstanden habe, so hat Ihr Sohn während seiner ganzen Kindheit und frühen Jugend zu Hause nie eine Frau zu Gesicht bekommen?«

Das fiel ihm jetzt zum erstenmal auch auf.

»Ja, so war es wirklich. Nur die Zugehfrau kam zweimal in der Woche.«

Er verbesserte sich:

»Nicht einmal sie kannte er! Er war ja immer in der Schule, wenn sie bei uns saubermachte.«

Jemand brach in Gelächter aus, und der Richter schlug mit dem Hammer auf den Tisch. Er war ein schon recht altes, unscheinbares Männlein.

»Das ist alles, Mister Galloway«, sagte Lane.

Er wandte sich zum District Attorney.

»Möchten Sie meinen Zeugen ins Kreuzverhör nehmen?«

Temple zögerte, beratschlagte mit einem jungen Mann zu seiner Linken.

»Nur eine einzige Frage: Waren Sie am Samstag, dem 7. Mai, also Samstag vor acht Tagen, tatsächlich wegen eines Schnupfens verhindert, Ihren Freund aufzusuchen, wie Sie das sonst zu tun pflegen?«

»Ja.«

»Das ist alles«, murmelte der Staatsanwalt und kritzelte ein paar Wörter auf ein Blatt Papier.

Dave wußte nicht, wie er sich jetzt verhalten sollte. Erwartete man von ihm, daß er den Gerichtssaal verließ? Er entdeckte einen freien Platz in der ersten Reihe, setzte sich dorthin.

Er saß genau seinem Sohn gegenüber, nicht einmal fünf Meter von ihm entfernt. Scheinbar absichtslos wandte Ben den Kopf nie in seine Richtung, und ihre Blicke kreuzten sich kein einziges Mal.

Der Vater war für Ben Luft, in seinen Augen zählte nur Lillian, der er dann und wann zulächelte. Selbst das Publikum, das jede Veränderung seines Mienenspieles beobachtete, schien ihm wichtiger zu sein als er.

Während der ganzen Verhandlung gab sich Dave alle Mühe, Bens Aufmerksamkeit auf sich zu lenken, ja einmal hustete er so laut, daß der Gerichtspräsident vorwurfsvoll zu ihm hinüberblickte.

Es hing doch so viel davon ab, daß Ben ihn ansah. Dann könnte er nämlich feststellen, welche Veränderung mit ihm vorgegangen war. Verflüchtigt hatte sich die nervöse Spannung, seine Augen blickten heiter. Um seine Lippen spielte ein Lächeln, dem Lächeln seines Sohnes nicht unähnlich. Es sandte eine Botschaft aus, die Ben weiterhin nicht beachtete.

Inzwischen hatte Isabelle auf der Zeugenbank Platz genommen, ihre Handtasche auf dem Schoß. Ohne jede Effekthascherei – im Unterschied zu Wilbur Lane – trat Cavanaugh zu ihr:

»Seit wann trafen sich Ben Galloway und Ihre Tochter regelmäßig?«

Sie entgegnete leise:

»Soviel ich weiß, seit etwa drei Monaten.«

»Lauter!« rief es aus dem Publikum.

»Soviel ich weiß, seit etwa drei Monaten«, wiederholte sie mit lauter Stimme.

»Kam er oft zu Ihnen ins Haus?«

»Ja, schon seit langem, denn er war mit Steve befreundet. Meine Tochter nahm er erst gar nicht wahr.«

»Was geschah letzten Samstag?«

»Das wissen Sie doch. Sie brannte mit ihm durch.«

»Haben Sie sie wegfahren sehen?«

»Meinen Sie denn, ich hätte da nicht eingegriffen?«

»Was haben Sie dann unternommen?«

»Ich ging zu Mister Galloway, denn ich befürchtete,

mein Mann würde Dummheiten machen, wenn ich nicht dabei war.«

»Wußte Mister Galloway, daß sein Sohn mit Lillian durchgebrannt war?«

»Er wußte nur, daß sein Sohn ihn verlassen hatte, aber nicht, mit wem.«

»Schien er sehr überrascht?«

»Eigentlich nicht.«

Die weiteren Fragen bekam Dave gar nicht mehr mit. Immer noch stand das Lächeln in seinem Gesicht, das seinem Sohn alles offenbaren sollte, doch dieser nahm es gar nicht wahr.

Dann setzte der District Attorney die Vernehmung fort. Er wollte vor allem einen Punkt klären:

»Als Sie herausgefunden hatten, daß Ihre Tochter durchgebrannt war, machten Sie dann nicht noch eine weitere Entdeckung?«

»Der Wochenlohn meines Mannes war aus der Dose verschwunden.«

Dann wurde Jimmy Van Horn aufgerufen. Während der ganzen Vernehmung blickte er unablässig seinen Vater an und antwortete fast ausschließlich mit »Ja, Euer Ehren ... Nein, Euer Ehren ... Ja, Euer Ehren ...«

Vor ein paar Wochen hatte er Ben die Pistole seines Vaters gezeigt, und Ben wollte sie ihm abkaufen.

»Fünf Dollar hat er Ihnen dafür geboten?«

»Ja, Euer Ehren.«

»Hat er sie denn auch wirklich gezahlt?«

»Nein, Euer Ehren, nur drei Dollar. Die restlichen zwei Dollar wollte er mir eine Woche später geben.«

Erneutes Gelächter im Saal. Die meisten Geschworenen saßen steif und reglos da, wie auf einem Familienfoto. Es waren zwei Frauen unter ihnen.

Galloway begriff nicht sogleich, warum der Richter sich mit einem Male erhob, sein Barett aufsetzte und unverständliche Worte stammelte. Nun, die Verhandlung wurde wieder unterbrochen, diesmal gab es eine einstündige Pause, damit alle zum Mittagessen gehen konnten. Nur die Geschworenen und die noch nicht aufgerufenen Zeugen durften das Gerichtsgebäude nicht verlassen.

»Ich hätte Sie gern gebeten, der Verhandlung heute nachmittag nicht beizuwohnen«, sagte Wilbur Lane. »Aber das ist wohl in den Wind geredet.«

Dave schüttelte nur den Kopf. Warum sollte er denn der Verhandlung fernbleiben? Es war doch die einzige Möglichkeit, Ben zu sehen und in seiner Nähe zu sein.

»Die beiden Psychiater werden ihr Gutachten abgeben. Wenn sie nicht zu weitschweifig sind, könnte der District Attorney noch sein Plädoyer halten, vielleicht sogar ich das meine, so daß das Ganze noch heute abend zu Ende ist.«

Dave tat keinen Muckser. Weiterhin blickte er um sich, als ob ihn die Sache nicht persönlich beträfe. Da man seinen Sohn aus dem Gerichtssaal gebracht hatte, hielt es ihn dort auch nicht länger. Er ging in ein Restaurant, das ihn sehr an ›Mack's Lunch‹ erinnerte, um dort ein Sandwich zu essen. Fast alle hatten sich dorthin begeben, aber keiner beachtete ihn, nur der Automechaniker aus Everton trat zu ihm, um ihm die Hand zu drücken, und sagte:

»Heiß da drinnen, was?«

Der eine der beiden Psychiater war schon hochbetagt und sprach mit ausländischem Akzent, der andere stand im mittleren Lebensalter. Wilbur Lane hofierte die beiden, stellte ihnen zahlreiche Fragen, wobei er sich ihres Jargons bediente, der ihm recht geläufig zu sein schien.

Mehrmals spürte Dave die Augen des Richters auf sich ruhen. Es konnte auch Zufall sein. Schließlich mußte er ja stundenlang mit dem Gesicht zum Publikum dasitzen, so daß ihm wohl nichts anderes übrigblieb, als seinen Blick irgend wohin zu richten.

Ein letztes Mal wurde die Verhandlung unterbrochen, aber nur für ein paar Minuten. Ben und Lillian blieben im Saal. Isabelle Hawkins nützte die Zeit, um ein wenig mit ihrer Tochter zu reden, und der Schutzmann ließ sie gewähren. Dave jedoch wagte nicht, sich seinem Sohn zu nähern. Er fürchtete, sein Mißfallen zu erregen. Wenn Ben doch wenigstens einmal zu ihm herüberblicken würde, um zu ermessen, welchen Weg er inzwischen zurückgelegt hatte!

Das Plädoyer des Staatsanwaltes, mit unbeteiligter Stimme vorgetragen, dauerte zwanzig Minuten. Dann war Cavanaugh an der Reihe, der sich noch kürzer faßte, und als letzter ergriff Wilbur Lane das Wort.

Nach einer halben Stunde war die Jury wieder zurück. Kurz vorher hatte man Ben und Lillian, die weiterhin recht hochgemut wirkten, an ihre Plätze gebracht. Das junge Mädchen winkte sogar einem Bekannten im Saal zu.

Nicht einmal fünf Minuten später war alles zu Ende.

Einstimmig hatte die Jury beschlossen, Ben Galloway der vorsätzlichen Tötung, Lillian Hawkins der Mittäterschaft anzuklagen und den Fall an das Oberlandesgericht zu verweisen.

Mit solcher Spannung blickte Dave während der Verlesung des Verdikts in das Gesicht seines Sohnes, daß ihm die Augen brannten. Er hätte schwören mögen, ein leises Zucken in seinen Mundwinkeln, ein Erbeben der Nasenflügel wahrgenommen zu haben. Jedoch gleich darauf lächelte Ben wieder, wandte sich Lillian zu, die sein Lächeln erwiderte.

Er hatte keinen Blick für seinen Vater. In dem nun folgenden Tumult versuchte Dave vergeblich, in sein Gesichtsfeld zu treten, verlor ihn aus den Augen. Dann vernahm er die Stimme Lanes, der voller Bitterkeit sagte:

»Ich habe das Menschenmögliche getan. Er hat es sich selber zuzuschreiben.«

Galloway war ihm nicht böse. Er konnte ihn zwar nicht leiden, genausowenig wie Musselman, aber er hatte ihm auch nichts vorzuwerfen.

»Ich danke Ihnen«, erwiderte er höflich.

Daß sein Klient sich so fügsam zeigte, überraschte Lane denn doch:

»Ihr Sohn kommt nicht vor einem Monat vor das Oberlandesgericht, und vielleicht habe ich bis dahin neue Waffen.«

Dave ahnte nicht, daß sich, als er dem Anwalt die Hand reichte, in seinem Gesicht beinahe dasselbe Lächeln zeigte, das während des ganzen Tages um die Lippen seines Sohnes gespielt hatte.

Draußen schien die Sonne. Der Automechaniker nahm den Friseur und die alte Mrs. Pinch in seinem Wagen mit.

9

Zwei Tage darauf öffnete er zur gewohnten Zeit seinen Laden, und am Samstag begab er sich zu Musak, ließ nichts über die Sache verlauten, sah zum Sportgelände in der Abendsonne hinüber und spielte dann mit dem Schreinermeister, der seine geflickte Pfeife rauchte, die obligate Partie Tricktrack.

Ganz ähnlich mag es in der ersten Zeit den Witwern ergehen: So kam es zum Beispiel vor, daß er sich umwandte, um Ben etwas zu sagen, oder er blickte zu bestimmten Zeiten ungeduldig auf die Uhr, über die Verspätung seines Sohnes beunruhigt. Einmal ertappte er sich sogar dabei, zwei Frühstückseier in die Pfanne zu schlagen.

Doch dieser Zustand währte nicht lange. Ben war immer bei ihm, nicht nur in der Wohnung, sondern auch im Laden, auf der Straße, wohin er sich auch begab. Seine körperliche Gegenwart vermißte er immer weniger.

Diese Seelenarbeit hatte vielleicht schon vor der Gerichtsverhandlung ihren Anfang genommen, möglicherweise schon am Samstagabend, als er in seinem grünen Sessel auf Ben wartete, ohne recht an seine Heimkehr zu glauben. Oder lag es noch weiter zurück?

Sein Leben lang hatte er seinen Sohn unablässig

überwacht, doch bis zu dem Moment, da er ihn sorglos lächelnd auf der Anklagebank sitzen sah, überhaupt nichts verstanden.

Eines Morgens mitten in der Woche hängte er das Schild an die verglaste Ladentür und begab sich zu Musak, der in seinem Atelier werkelte. Wie bei der Preisgabe eines bis dahin wohlgehüteten Geheimnisses fühlte er, daß ihm das Blut in den Kopf stieg, als er einem Briefumschlag drei Fotografien entnahm.

»Ich hätte sie gern alle drei in einem einzigen Rahmen«, sagte er und legte sie nebeneinander auf die Werkbank. »Ein ganz einfacher Rahmen, nur eine Leiste in Naturholz.«

Das erste Foto war ein Porträt seines Vaters im Alter von achtunddreißig Jahren. Er trug einen Schnurrbart, der seinen schalkhaften Gesichtsausdruck noch betonte. Genauso hatte Dave ihn in Erinnerung behalten. Die zweite Aufnahme zeigte ihn selbst, als er zweiundzwanzig war und eben seine Stelle in Waterbury angetreten hatte. Sein Hals wirkte länger und dünner als heute. Das Foto war eine Dreiviertelansicht, und er hatte einen Mundwinkel leicht hochgezogen.

Die dritte Aufnahme war ein Schnappschuß von Ben, den ein Schulkamerad vor einem Monat gemacht hatte. Sein Kopf saß ebenfalls auf einem langen, dünnen Hals, und in seinem Mund steckte eine Zigarette, übrigens zum erstenmal.

Musak brachte ihm die gerahmten Fotos noch am späten Nachmittag desselben Tages. Dave hängte sie sogleich an die Wand. Er hatte das Gefühl, daß die drei Porträts die Erklärung aller Geschehnisse enthielten, aber er wußte auch, daß nur er imstande war, die Bilder richtig zu deuten, und daß er, sollte er den Versuch unternehmen, seine Erkenntnisse einem anderen Menschen mitzuteilen, zum Beispiel Wilbur Lane, nur auf Unverständnis stoßen würde.

Spiegelte der Blick der drei Männer nicht dasselbe verborgene, zur Schrumpfung verdammte Leben wider? Schüchternheit und Resignation waren in den Augen zu lesen, doch die hochgezogenen Mundwinkel zeigten angestaute Wut an, der jede offene Revolte versagt geblieben war.

Alle drei gehörten sie derselben Rasse an, die nichts mit der eines Lane, eines Musselman oder seiner Mutter gemein hatte.

Dave war davon überzeugt, daß es auf der ganzen Welt nur zwei Arten von Menschen gab: die Unterwürfigen und die anderen. Als Kind hatte er dafür eine bildhaftere Vorstellung gehabt: Solche, die Prügel beziehen, und solche, die sie austeilen.

Sein Vater hatte den Kopf eingezogen, sich damit aufgezehrt, von den Banken Anleihen zu erbetteln. Gestorben war er, als er wieder einmal im Vorzimmer eines Bankiers wartete. Doch hatte ihm diese Ironie des Schicksals nicht im letzten Augenblick noch ein Lächeln entlockt?

Ein einziges Mal in seinem Leben hatte er etwas getan, das man als den Ausdruck einer Revolte auslegen konnte. Doch dann verging kein Tag mehr, ohne daß man es ihm aufs Butterbrot schmierte. Noch Jahre später kam seine Mutter darauf zurück, um sein Andenken zu besudeln und ihren Sohn zu schurigeln:

»Aus dir wird halt auch nur ein Galloway!«

Die Sache hatte sich vor Daves Geburt zugetragen. Außer seinem Vater wußte niemand genau, was eigentlich vorgefallen war. An einem 4. Juli kam er einfach abends nicht nach Hause. Seine Mutter rief im Klub an, dann bei verschiedenen Bekannten, ohne etwas in Erfahrung bringen zu können. Erst am nächsten Morgen um acht schlich er wieder ins Haus, gab sich alle Mühe, ungesehen in sein Zimmer zu gelangen und die Lippenstiftschmierer von seinem Hemdkragen zu entfernen, was ihm freilich nicht gelang.

Sein ganzes Leben sollte seine Frau ihm diese Eskapade vorhalten. Er senkte nur den Kopf. Aber Dave war sich ganz sicher, daß er nichts bereute. Manchmal kam er dazu, wenn seine Mutter den Vater ankeifte, und dann zwinkerte dieser seinem Sohn verstohlen zu, als könne das Kind schon etwas verstehen.

Trank er nicht deshalb jeden Tag einige Gläser Bourbon? Er hatte zwar nie einen Rausch, aber es half ihm wohl, die Wirklichkeit ein wenig aus seinem Gesichtsfeld zu rücken.

Dave war kein Trinker. Er folgte seinem eigenen Richtmaß und wußte genau, was er sich zumuten konnte. Auch er löckte gegen den Stachel, ging aber schon einen Schritt weiter als sein Vater. Seine Heirat mit Ruth war eine Herausforderung. Gegen wen oder was sie sich genau richtete, war ihm nicht recht klar, aber jedenfalls gegen alle Musselmans der Welt.

Mit voller Absicht hatte er sich eine solche Frau ausgesucht, und wenn er sie auf der Straße hätte auflesen können, wäre es ihm noch lieber gewesen.

Eines Tages könnte er Ben von der Revolte seines Großvaters in Virginia erzählen, von seiner eigenen leider nicht. Doch wer weiß? Vielleicht würde sein Sohn das Ungesagte erraten.

Wonach Dave in den Augen des kleinen Ben forschte, war womöglich nichts anderes als ein Schimmer, ein kleiner Anflug von diesem rebellischen Wesen. Früher hatte er Angst davor gehabt und fast schon gewünscht, daß sein Sohn der fremden Rasse angehörte.

Doch Ben hatte sehr wohl den Blick seines Großvaters und seines Vaters, den Blick, der diesen Menschenschlag kennzeichnet. Die einen vermochten ihrer widerspenstigen Natur Zügel anzulegen, die anderen revoltierten sich.

Die beiden Psychiater hatten über Bens Psyche geredet, ohne zu wissen, daß sein Großvater einmal in seinem Leben eine Nacht außer Haus verbracht und sein Vater ein Weibsbild geheiratet hatte, mit der alle seine Kameraden ins Bett gegangen waren. Mit seinen sechzehn Jahren hatte Ben dem Ganzen die Krone aufgesetzt.

Dave wußte sehr wohl, warum er die drei Fotos in einem einzigen Rahmen unterbrachte. Die drei Männer waren solidarisch. Jeder stellte gewissermaßen eine Stufe in einem Entwicklungsprozeß dar.

Schon vorher hatte Dave fast jeden Tag einmal an seinen Vater gedacht. Nunmehr aber war er sein Hausgenosse, ihm fast ebenso nahe wie Ben.

Kein Brief von seiner Mutter, geschweige denn ein Besuch, obwohl sie die dramatischen Vorfälle bestimmt in der Zeitung gelesen hatte. Musselman bekam jetzt wohl oft zu hören: »Ich habe ja immer schon gesagt, daß das Ganze ein schlimmes Ende nehmen würde.«

Das stimmte schon. Auch Wilbur Lane hatte keinen Zweifel daran aufkommen lassen, daß Ben angeklagt und sein Fall an das Oberlandesgericht verwiesen würde. Diese Leute hatten eben immer recht.

Gewissermaßen war der Kreis jetzt geschlossen. Dave arbeitete wie vorher auch, öffnete und schloß seinen Laden mit eingefahrenen präzisen Handgriffen, holte die Uhren und den Schmuck aus dem Schaufenster, brachte sie für die Nacht im Panzerschrank unter, tätigte seine Einkäufe im First National Store und kochte sich in seiner Wohnung zu essen.

Inzwischen sahen ihn die Einwohner des Ortes schon nicht mehr mit scheelen Blicken an. Bisweilen freilich stieß er sie vor den Kopf, denn es kam vor, daß er von Ben sprach, als sei nicht das geringste vorgefallen. Wo auch immer er sich aufhielt, sein Sohn war stets bei ihm, in ihm.

Während des ganzen Monats fiel kein Tropfen Regen, und die Männer gingen in Hemdsärmeln auf die Straße. Polizisten hatten ihm seinen Lieferwagen zurückgebracht, den er weiterhin benutzte.

Wilbur Lane kam für einen Tag nach Everton, wo er Bens Lehrer, seine Mitschüler und einige Ladenbesitzer befragte. Die Unterredung mit Dave nahm nur kurze Zeit in Anspruch.

»Der Prozeß ist auf nächsten Dienstag anberaumt.«

»Wie geht es Ben?«

Der Anwalt runzelte die Stirn.

»Leider Gottes ist er ganz der alte geblieben.«

Die zweite Verhandlung war viel größer aufgezogen als die erste. Sie dauerte drei Tage lang. Dave nächtigte im selben Hotelzimmer, dessen hell- und dunkelgrün gestreifte Tapeten ihm schon vertraut waren. Das Hotel war voll. Zahlreiche Journalisten aus New York und anderen Städten hatten sich hier einquartiert. In ihrem Gefolge erschienen nicht nur Fotografen, sondern auch Film- und Fernsehleute. Schon während der ersten Sitzung erklärte der Richter, daß keine Kameras im Gerichtssaal zugelassen würden. So hielt man sich eben in der Wandelhalle, in den Gängen, ja sogar in der Halle des Hotels, wo die meisten Zeugen abgestiegen waren, schadlos.

Ben war nicht abgemagert, er wirkte sogar weniger eckig als vorher. Den ersten Tag verbrachte Dave Galloway wieder im Zeugenraum. Er hatte sich vorgenommen, daß er bei passender Gelegenheit den Versuch machen würde, zu erklären, was er herausgefunden hatte. Vor allem Ben sollte es erfahren. Er brauchte ja nicht alles zu sagen. Er hatte darauf geachtet, Lane nichts von seinen Absichten zu verraten.

Der Anwalt mißtraute ihm sicher, denn er stellte ihm nur belanglose Fragen, fiel ihm ins Wort, sobald er sich anschickte, ausführlicher zu werden.

Erst als er sich schon von der Zeugenbank erhob, vermochte er schnell zu sagen:

»Ich bin mit meinem Sohn solidarisch.«

Kein Mensch verstand, was er damit meinte. Er hatte sogar den Eindruck, daß seine Worte Unbehagen auslösten, als hätte er sich eben ungebührlich benommen.

Nach einer Weile sah er zu Ben hinüber. Kein Zweifel, auch er hatte nichts begriffen. Während der Prozeß seinen Fortgang nahm, blickte sein Sohn ihm mehrmals neugierig ins Gesicht. Er saß jetzt nicht mehr neben Lillian wie beim ersten Mal. Man hatte einen Wärter und eine Wärterin zwischen die beiden plaziert. Die Verhandlung fand in einem weitaus geräumigeren Saal statt, und das Ganze hatte einen viel feierlicheren Anstrich, doch sobald eine Unterbrechung angesagt wurde, stürzte alles zur Tür, um möglichst schnell zu einer Zigarette oder einem Coca-Cola zu kommen.

Am letzten Tag fanden sich über dreißig Personen aus Everton im Justizpalast ein, die mit dem Bus angereist waren. Man ließ die Türe offen, damit die in den Gängen sich drängende Menschenmenge auch etwas mitbekam.

Er hatte inzwischen seinen angestammten Platz in der zweiten Reihe, zwischen einem jungen Anwalt aus Poughkeepsie und der Frau eines Richters. Wilbur Lanes Plädoyer dauerte zweieinhalb Stunden. Kurz vor fünf Uhr nachmittags zogen sich die Geschworenen zur Beratung zurück.

Fast alle verließen den Saal. Um sechs Uhr war die Steintreppe, die zum weißen Säulenportal des Justizpalastes führte, voller Menschen. Um sieben Uhr warteten sie immer noch. Die Männer, die inzwischen eine Bar in der Nähe aufgesucht hatten, rochen nach Alkohol.

Der eine oder andere winkte Dave zu, wenn er vorüberkam. Andere mochten sich wohl über seine Ruhe wundern. Er wußte, daß sie es nicht wagen würden, seinen Sohn zu töten. Später würde er ihn, wie es ja sein gutes Recht war, im Gefängnis besuchen, ihm nach und nach begreiflich machen, daß sie eine Einheit bildeten. Hatte er nicht selber Jahre gebraucht, um das herauszufinden?

Die Nacht brach herein. Alle Straßenlaternen flammten gleichzeitig auf. Zu beiden Seiten der Main Street leuchteten Neonreklamen, Mücken umschwirrten die Köpfe. Wer sich in Gerichtsdingen auskannte, wurde als Kundschafter ausgesandt und teilte dann den anderen mit:

»Sie können sich immer noch nicht einigen, vor allem, was das junge Mädchen betrifft. Sie haben den Gerichtspräsidenten zugezogen.«

Um halb elf Uhr kam endlich Bewegung in die Menge, die nun in den Gerichtssaal strömte, der sich im künstlichen Licht eher wie das Innere eines Methodistentempels oder ein Konferenzraum ausnahm.

Während beinahe einer Dreiviertelstunde blieben Bens und Lillians Plätze leer, und als man sie hereinführte, fand Dave, daß beide recht mitgenommen aussahen, aber das konnte auch von der Beleuchtung herrühren.

Dann betraten die Richter den Raum, gefolgt von den Geschworenen. Es wurde totenstill. Der Vorsitzende der Geschworenen erhob sich, ein Blatt Papier in der Hand, um das Urteil zu verlesen.

Die Angeklagten, Ben Galloway, sechzehn Jahre alt, und Lillian Hawkins, fünfzehneinhalb Jahre alt, beide aus Everton im Staate New York stammend, wurden des Mordes für schuldig befunden und zum Tode verurteilt. Doch in Anbetracht ihrer Jugend sprachen die Geschworenen die Empfehlung aus, daß die Strafe in lebenslängliches Zuchthaus umgewandelt würde.

Es ertönte ein Schluchzer, der wie ein Aufschrei klang. Das war Isabelle Hawkins, die neben ihrem heute ausnahmsweise nüchternen und wie für eine Hochzeit gekleideten Mann saß.

Hielt Ben nach seinem Vater Ausschau, als man ihn schon abführte? Jedenfalls kreuzten sich ihre Blicke. Bens Lippen zitterten. Wie auf den drei Fotos zog er einen Mundwinkel hoch.

Was er nur an Kraft aufbringen konnte, legte Dave in seinen Blick, als könnte er sie auf seinen Sohn übertragen, der schließlich durch eine kleine lackierte Tür verschwand.

Lillian hatte er gar nicht wahrgenommen.

Wenige Tage später berichteten die Zeitungen und das Radio, daß Ben Galloway nach Sing-Sing überführt worden war, das Mädchen dagegen in ein Frauengefängnis.

Kurz darauf erhielt Dave ein Schreiben von Wilbur Lane, das seine Honorarforderung inklusive Nebenkosten enthielt. Außerdem teilte er ihm mit, daß er seinem Sohn alle vierzehn Tage schreiben und bei guter Führung desselben ihn einmal im Monat besuchen dürfe.

Das Zuchthaus befand sich ganz in der Nähe, am Ufer des Hudsons, nur dreiundzwanzig Meilen von Everton entfernt. Er bezahlte Lanes Rechnung, und damit waren seine Ersparnisse beinahe aufgebraucht. Das spielte jetzt keine Rolle mehr. Im Grunde war es sogar besser so. Was hätte er schon mit dem Geld anfangen sollen?

Bei seinem ersten Besuch empfing ihn Ben noch sehr frostig. Weiterhin betrachtete er seinen Vater als ein Wesen, das einer fremden Rasse angehörte.

Dave würde eben soviel Zeit darangeben, wie nötig war, um ihm begreiflich zu machen, daß sie alle drei einmal aufbegehrt hatten, daß jeder von ihnen dafür verantwortlich war und daß er selber, obwohl er nicht im Gefängnis saß, einen ebenso hohen Preis bezahlen mußte wie sein Sohn.

Alle drei hatten doch im Grunde die Hoffnung gehegt, das Joch abzuschütteln.

»Hast du guten Appetit?« fragte er.

»Ja, es geht so.«

»Ist das Essen nicht allzu schlecht?«

Auf die Worte kam es nicht an. Wie das ›Yes, sir‹ des Schwarzen in der Sonne Virginias waren sie eher Beschwörungsformeln.

»Ist die Arbeit sehr schwer?«

Man hatte Ben der Buchbinderwerkstatt zugeteilt, und seine Finger waren voller Stiche, die anfingen zu eitern.

Zwei Monate später griffen die Zeitungen plötzlich den Fall wieder auf und berichteten, daß Lillian Hawkins schwanger war und zu gegebener Zeit in ein anderes Gefängnis überführt würde, wo sie das Baby behalten konnte.

Bei seinem nächsten Besuch ließ Ben nichts darüber verlauten, aber nun hatte er endgültig den gottergebenen, melancholischen Blick der Galloways. Doch wer scharfe Augen besaß, sah in einem verborgenen Winkel doch eine kleine Flamme glimmen.

Wer weiß? Nun, da sich ihr Geschick vollendet hatte, konnte vielleicht ein neuer Zyklus beginnen.

Es kam nun oft vor, daß Dave in seiner Wohnung, in seinem Laden und sogar auf der Straße leise mit seinem Vater und seinem Sohn sprach, die ihn überallhin begleiteten. Bald würde er auch mit seinem Enkel sprechen und ihm das Geheimnis des menschlichen Daseins enthüllen.

Lakeville, Connecticut, 24. März 1954

Stanley G. Eskin

Simenon

Eine Biographie

Aus dem Amerikanischen
von Michael Mosblech

Stanley G. Eskins Biographie stützt sich auf Gespräche mit Simenon, mit Verwandten, Freunden, Verlegern des Autors sowie auf das riesige, erst bruchstückhaft erschlossene Material des Simenon-Archivs in Lüttich.

»Eskin erzählt so anschaulich, als habe er von dem Gegenstand seiner Studien die einfache, farbige, spannende Erzählweise gelernt.«
Frankfurter Allgemeine Zeitung

»Mit dem Index, den zahlreichen Anmerkungen, der vollständigen Bibliographie der Werke und der Verfilmungen wird dieser Band sicher die große umfassende Biographie des Schriftstellers werden. Eskin hält auch mit persönlichen Urteilen nicht zurück; sein Buch verdient daher Aufmerksamkeit und Hochachtung.«
Die Welt, Bonn

»Ich konnte nie glauben, daß Simenon wirklich existiert. Seine ungeheure Produktion, mein immer neues Staunen über die Vollkommenheit seiner Erzählungen, die psychologische Genauigkeit seiner unendlich vielen Figuren, die Eindrücklichkeit der Landschaftsbeschreibungen vermittelten mir stets das Bild eines hinreißenden Schriftstellers, das aber so ungreifbar und unbestimmt blieb wie etwa das Bild des Frühlings, des Meeres, das Bild von Weihnachten – Bilder, die man mit Vergnügen und unbewußtem Wohlbehagen in sich aufnimmt und erlebt, ohne daß sie imstande wären, die Begriffe in ihrer Dinghaftigkeit und Identität vollständig zu verkörpern.« *Federico Fellini*

»Mit Sicherheit das umfassendste Werk, das je über mich geschrieben wurde.« *Georges Simenon*